KB041299

동주 東柱

하늘과 바람과 별과 詩

| 초판 | 1쇄 발행 2016년 2월 20일 |
| | 8쇄 발행 2023년 1월 30일 |

지은이	윤동주
펴낸이	한승수
펴낸곳	문예춘추사
편집	조예원
마케팅	안치환
디자인	김선영

등록번호	제300-1994-16
등록일자	1994년 1월 24일
주소	서울시 마포구 연남동 565-15 지남빌딩 309호
전화	02-338-0084
팩스	02-338-0087
이메일	moonchusa@naver.com

| ISBN | 978-89-7604-294-1 04810 |
| | 978-89-7604-293-4 (세트) |

윤동주 시집

동주
東柱

하늘과
바람과
별과
詩

일러두기

1. 이 책의 모든 작품들은 윤동주의 육필원고를 기본으로 한 것입니다. 중복되는 시는 대표시 한 편만 실었습니다.

2. 표기는 현대어 표기법에 맞추었으나, 원문에서 운율이나 사투리 등 어감을 살릴 필요가 있다고 판단되는 작품에는 원 표기 형태로 두었습니다. 독자의 이해를 돕기 위해 한자어는 한글로 바꾸었고, 필요한 경우 함께 표기하였습니다.

3. 윤동주의 생애가 담긴 사진자료는 연세대학교 윤동주 기념사업회에서 제공받았습니다.

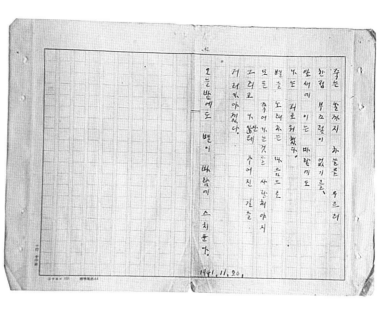

죽는 날까지 하늘을 우르러
한점 부끄럼이 없기를,
잎새에 이는 바람에도
나는 괴로워했다.
별을 노래하는 마음으로
모든 죽어가는 것을 사랑해야지
그리고 나안테 주어진 길을
거러가야겠다.

오늘밤에도 별이 바람에 스치운다.

1941. 11. 20.

윤동주의 「서시」 육필원고.

연희전문 시절의 윤동주.

도시샤대학 시절 윤동주.

윤동주 책상.

證據ヲ按スルニ判示ノ事實ハ被告人ノ當公
廷ニ於ケル判示同趣旨ノ供述ニ依リ之ヲ認ム

法律ニ照スニ被告人ノ判示所爲ハ治安維
持法第五條ニ該當スルヲ以テ其ノ所定刑期
範圍内ニ於テ被告人ヲ懲役貳年ニ處シ刑
法第二十一條ニ依リ未決勾留日數中百貳拾
日ヲ右本刑ニ算入スヘキモノトス
仍テ主文ノ如ク判決ス
昭和十九年三月三十一日
京都地方裁判所第二刑事部
　　　裁判長判事　石井平雄　㊞
　　判事　渡邊常造　㊞
判事　瓦井末雄　㊞

윤동주의 판결문.

후쿠오카 형무소.

정지용 서문

서(序)—랄 것이 아니라

내가 무엇이고 정성껏 몇 마디 써야만 할 의무를 가졌
건만 붓을 잡기가 죽기보담 싫은 날, 나는 천의를 뒤집
어쓰고 차라리 병 아닌 신음을 하고 있다.
무엇이라고 써야 하나? 재조(才操)도 탕진하고 용기도
상실하고 8·15 이후에 나는 부당하게도 늙어 간다.

누가 있어서 "너는 일편의 정성까지도 잃었느냐?" 질
타한다면 소허 항론이 없이 앉음을 고쳐 무릎을 꿇으
리라.
아직 무릎을 꿇을 만한 기력이 남았기에 나는 이 붓을
들어 시인 윤동주의 유고에 분향(焚香)하노라.

겨우 30여 편 되는 유시 이외에 윤동주의 그의 시인됨
에 관한 아무 목증(目證)한 바 촌료(村料)를 나는 갖지

않았다.

"호사유피(虎死留皮)"라는 말이 있겠다. 범이 죽어 가죽이 남았다면 그의 호문(虎紋)을 감정하여 "수남(壽男)"이라고 하랴? "복동(福童)"이라고 하랴? 범이란 범이 모조리 이름이 없었던 것이다.

내가 시인 윤동주를 몰랐기로소니 윤동주의 시가 바로 "시(詩)"고 보면 그만 아니냐?

호피(虎皮)는 마침내 호피에 지나지 못하고 말을 것이나, 그의 "시(詩)"로써 그의 "시인(詩人)"됨을 알기는 어렵지 않은 일이다.

나도 모를 아픔을 오래 참다 처음으로 이곳에 찾아왔다. 그러나 나의 늙은 의사는 젊은이의 병을 모른다. 나한테는 병이 없다고 한다. 이 지나친 시련, 이 지나친 피로, 나는 성내서는 안 된다.

– 그의 유시「병원」의 일절

그의 다음 동생 일주 군(一柱君)과 나의 문답.

"형님이 살았으면 몇 살인고?"

"서른 한 살입니다."

"죽기는 스물아홉에요—"

"간도(間島)에는 언제 가셨던고?"

"할아버지 때요."

"지난 시기는 어떠했던고?"

"할아버지가 개척하여 소지주 정도였습니다."

"아버지는 무얼 하시노?"

"장사도 하시고 회사에도 다니시고 했지요."

"야아, 간도에 시(詩)와 애수(哀愁)와 같은 것이 발효하
기 비롯한다면 윤동주와 같은 세대(世代)에서부텀이었
고나!" 나는 감상하였다.

　　　봄이 오면

　　　죄를 짓고

　　　눈이

　　　밝아

　　　이브가 해산하는 수고를 다하면

무화과 잎사귀로 부끄런 데를 가리고

나는 이마에 땀을 흘려야겠다.

「 또 태초(太初)의 아침」의 일절

다시 일주 군(一柱君)과 나와의 문답.

"연전(延專)을 마치고 동지사(同志社)에 가기는 몇 살이
었던고?"

"스물여섯 적입니다."

"무슨 연애 같은 것이나 있었나?"

"하도 말이 없어서 모릅니다."

"술은?"

"먹는 것 못 보았습니다."

"담배는?"

"집에 와서는 어른들 때문에 피우는 것 못 보았습니
다."

"인색하진 않았나?"

"누가 달라면 책이나 샤쓰나 거저 줍네다!"

"공부는?"

"책을 보다가도 집에서나 남이 원하면 시간까지도 아끼지 않읍데다."

"심술은?"

"순하디 순하였습니다."

"몸은?"

"중학 때 축구 선수였습니다."

"주책은?"

"남이 하자는 대로 하다가도 함부로 속을 주지는 않읍데다."

> 코카서스 산중에서 도망해 온 토끼처럼
> 둘러리를 빙빙 돌며 간을 지키자
>
> 내가 오래 기르던 여윈 독수리야!
> 와서 뜯어먹어라, 시름없이
>
> 너는 살찌고
> 나는 여위어야지, 그러나,

「간」의 일절

노자(老子) 오천언(伍千言)에 "허기심 실기복 약기지 강기골(虛其心 實其腹 弱其志 强其骨)"이라는 구가 있다. 청년 윤동주는 의지가 약하였을 것이다. 그렇기에 서정시에 우수한 것이겠고, 그러나 뼈가 강하였던 것이리라, 그렇기에 일적에게 살을 내던지고 뼈를 차지한 것이 아니었던가?

무시무시한 고독에서 죽었고나! 29세가 되도록 시도 발표하여 본 적도 없이!

일제 시대에 날뛰던 부일문사(附日文士) 놈들의 글이 다시 보아 침을 배알을 것뿐이나, 무명 윤동주가 부끄럽지 않고 슬프고 아름답기 한이 없는 시를 남기지 않았나?

시(詩)와 시인(詩人)은 원래 이러한 것이다.

  행복한 예수 그리스도에게처럼
  십자가가 허락된다면

  모가지를 드리우고
  꽃처럼 피어나는 피를
  어두워 가는 하늘 밑에

조용히 흘리겠습니다.

「십자가」의 일절

일제 헌병은 동(冬)섣달에도 꽃과 같은, 얼음 아래 다
시 한 마리 잉어와 같은 조선 청년 시인을 죽이고 제
나라를 망치었다.
뼈가 강한 죄로 죽은 윤동주의 백골은 이제 고토 간도
에 누워 있다.

고향에 돌아온 날 밤에
내 백골이 따라와 한방에 누웠다.

어둔 방은 우주로 통하고
하늘에선가 소리처럼 바람이 불어온다.

어둠 속에 곱게 풍화작용하는
백골을 들여다보며
눈물짓는 것이 내가 우는 것이냐
백골이 우는 것이냐
아름다운 혼이 우는 것이냐

지조 높은 개는

밤을 새워 어둠을 짖는다.

어둠을 짖는 개는

나를 쫓는 것일게다.

가자 가자

쫓기우는 사람처럼 가자

백골 몰래

아름다운 또 다른 고향에 가자

「또 다른 고향」

만일 윤동주가 이제 살아 있다고 하면 그의 시가 어떻
게 진전하겠느냐는 문제.
그의 친우 김삼불 씨의 추도사와 같이 틀림 없이 아무
렴! 또다시 다른 길로 구연 매진할 것이다.

1947년 12월 28일

지 용

차례

제1부

하 늘 과

바 람 과

별 과　詩

서시

죽는 날까지 하늘을 우러러
한 점 부끄럼이 없기를,
잎새에 이는 바람에도
나는 괴로워했다.
별을 노래하는 마음으로
모든 죽어 가는 것을 사랑해야지
그리고 나한테 주어진 길을
걸어가야겠다.

오늘 밤에도 별이 바람에 스치운다.

소년

여기저기서 단풍잎 같은 슬픈 가을이 뚝뚝 떨어진다. 단풍잎 떨어져 나온 자리마다 봄을 마련해 놓고 나뭇가지 위에 하늘이 펼쳐 있다. 가만히 하늘을 들여다보려면 눈썹에 파란 물감이 든다. 두 손으로 따뜻한 볼을 쓸어 보면 손바닥에도 파란 물감이 묻어난다. 다시 손바닥을 들여다본다. 손금에는 맑은 강물이 흐르고, 맑은 강물이 흐르고, 강물 속에는 사랑처럼 슬픈 얼굴─아름다운 순이의 얼굴이 어린다. 소년은 황홀히 눈을 감아 본다. 그래도 맑은 강물을 흘러 사랑처럼 슬픈 얼굴─아름다운 순이의 얼굴은 어린다.

자화상

산모퉁이를 돌아 논가 외딴 우물을 홀로 찾아가선 가만히 들여다봅니다.

우물 속에는 달이 밝고 구름이 흐르고 하늘이 펼치고 파아란 바람이 불고 가을이 있습니다.

그리고 한 사나이가 있습니다.
어쩐지 그 사나이가 미워져 돌아갑니다.

돌아가다 생각하니 그 사나이가 가엾어집니다.
도로 가 들여다보니 사나이는 그대로 있습니다.

다시 그 사나이가 미워져 돌아갑니다.
돌아가다 생각하니 그 사나이가 그리워집니다.

우물 속에는 달이 밝고 구름이 흐르고 하늘이 펼치고
파아란 바람이 불고 가을이 있고 추억처럼 사나이가
있습니다.

눈 오는 지도

순이가 떠난다는 아침에 말 못할 마음으로 함박눈이 내려, 슬픈 것처럼 창밖에 아득히 깔린 지도 위에 덮인다.

방 안을 돌아다보아야 아무도 없다. 벽과 천장이 하얗다. 방 안에까지 눈이 내리는 것일까, 정말 너는 잃어버린 역사처럼 홀홀히 가는 것이냐, 떠나기 전에 일러둘 말이 있던 것을 편지를 써서도 네가 가는 곳을 몰라 어느 거리, 어느 마을, 어느 지붕 밑, 너는 내 마음속에만 남아 있는 것이냐, 네 쪼그만 발자국을 눈이 자꾸 내려 덮어 따라갈 수도 없다. 눈이 녹으면 남은 발자국 자리마다 꽃이 피리니 꽃 사이로 발자국을 찾아 나서면 일 년 열두 달 하냥 내 마음에는 눈이 내리리라.

돌아와 보는 밤

세상으로부터 돌아오듯이 이제 내 좁은 방에 돌아와 불을 끄옵니다. 불을 켜 두는 것은 너무나 피로롭은 일이옵니다. 그것은 낮의 연장이옵기에—

이제 창을 열어 공기를 바꾸어 들여야 할 텐데 밖을 가만히 내다보아야 방 안과 같이 어두워 꼭 세상 같은데 비를 맞고 오던 길이 그대로 비 속에 젖어 있사옵니다.

하루의 울분을 씻을 바 없어 가만히 눈을 감으면 마음 속으로 흐르는 소리, 이제 사상이 능금처럼 저절로 익어 가옵니다.

병원

살구나무 그늘로 얼굴을 가리고, 병원 뒤뜰에 누워, 젊은 여자가 흰 옷 아래로 하얀 다리를 드러내 놓고 일광욕을 한다. 한나절이 기울도록 가슴을 앓는다는 이 여자를 찾아오는 이, 나비 한 마리도 없다. 슬프지도 않은 살구나무 가지에는 바람조차 없다.

나도 모를 아픔을 오래 참다 처음으로 이곳에 찾아왔다. 그러나 나의 늙은 의사는 젊은이의 병을 모른다. 나한테는 병이 없다고 한다. 이 지나친 시련, 이 지나친 피로, 나는 성내서는 안 된다.

여자는 자리에서 일어나 옷깃을 여미고 화단에서 금잔화 한 포기를 따 가슴에 꽂고 병실 안으로 사라진다. 나는 그 여자의 건강이—아니 내 건강도 속히 회복되기를 바라며 그가 누웠던 자리에 누워 본다.

새로운 길

I

내를 건너서 숲으로
고개를 넘어서 마을로

어제도 가고 오늘도 갈
나의 길 새로운 길

민들레가 피고 까치가 날고
아가씨가 지나고 바람이 일고

나의 길은 언제나 새로운 길
오늘도…… 내일도……

내를 건너서 숲으로
고개를 넘어서 마을로

간판 없는 거리

정거장 플랫폼에
내렸을 때 아무도 없어,

다들 손님들뿐,
손님 같은 사람들뿐,

집집마다 간판이 없어
집 찾을 근심이 없어

빨갛게
파랗게
불붙는 문자도 없이

모퉁이마다
자애로운 헌 와사등에
불을 켜 놓고,

손목을 잡으면
다들, 어진 사람들
다들, 어진 사람들

봄, 여름, 가을, 겨울,
순서로 돌아들고.

태초(太初)의 아침

봄날 아침도 아니고
여름, 가을, 겨울,
그런 날 아침도 아닌 아침에

빨—간 꽃이 피어났네,
햇빛이 푸른데,

그 전날 밤에
그 전날 밤에
모든 것이 마련되었네,

사랑은 뱀과 함께
독은 어린 꽃과 함께

또 태초(太初)의 아침

하얗게 눈이 덮이었고
전신주가 잉잉 울어
하나님 말씀이 들려온다.

무슨 계시일까.

빨리
봄이 오면
죄를 짓고
눈이
밝아

이브가 해산하는 수고를 다하면

무화과 잎사귀로 부끄런 데를 가리고

나는 이마에 땀을 흘려야겠다.

새벽이 올 때까지

다들 죽어가는 사람들에게
검은 옷을 입히시오.

다들 살아가는 사람들에게
흰 옷을 입히시오.

그리고 한 침대에
가지런히 잠을 재우시오.

다들 울거들랑
젖을 먹이시오.

이제 새벽이 오면
나팔 소리 들려올 게외다.

무서운 시간

거 나를 부르는 것이 누구요,

가랑잎 이파리 푸르러 나오는 그늘인데,
나 아직 여기 호흡이 남아 있소.

한 번도 손들어 보지 못한 나를
손들어 표할 하늘도 없는 나를

어디에 내 한 몸 둘 하늘이 있어
나를 부르는 것이오.

일이 마치고 내 죽는 날 아침에는
서럽지도 않은 가랑잎이 떨어질 텐데……

나를 부르지 마오.

십자가

쫓아오던 햇빛인데
지금 교회당 꼭대기
십자가에 걸리었습니다.

첨탑이 저렇게도 높은데
어떻게 올라갈 수 있을까요.

종소리도 들려오지 않는데
휘파람이나 불며 서성거리다가,

괴로웠던 사나이,
행복한 예수 그리스도에게처럼
십자가가 허락된다면

모가지를 드리우고
꽃처럼 피어나는 피를

어두워 가는 하늘 밑에
조용히 흘리겠습니다.

바람이 불어

바람이 어디로부터 불어와
어디로 불려 가는 것일까,

바람이 부는데
내 괴로움에는 이유가 없다.

내 괴로움에는 이유가 없을까,

단 한 여자를 사랑한 일도 없다.
시대를 슬퍼한 일도 없다.

바람이 자꾸 부는데
내 발이 반석 위에 섰다.

강물이 자꾸 흐르는데
내 발이 언덕 위에 섰다.

슬픈 족속

흰 수건이 검은 머리를 두르고
흰 고무신이 거친 발에 걸리우다.

흰 저고리 치마가 슬픈 몸집을 가리고,
흰 띠가 가는 허리를 질끈 동이다.

또 다른 고향

고향에 돌아온 날 밤에
내 백골이 따라와 한방에 누웠다.

어둔 방은 우주로 통하고
하늘에선가 소리처럼 바람이 불어온다.

어둠 속에 곱게 풍화작용하는
백골을 들여다보며
눈물짓는 것이 내가 우는 것이냐
백골이 우는 것이냐
아름다운 혼이 우는 것이냐

지조 높은 개는
밤을 새워 어둠을 짖는다.

어둠을 짖는 개는
나를 쫓는 것일 게다.

가자 가자

쫓기우는 사람처럼 가자

백골 몰래

아름다운 또 다른 고향에 가자.

길

잃어버렸습니다.
무얼 어디다 잃었는지 몰라
두 손이 주머니를 더듬어
길에 나아갑니다.

돌과 돌과 돌이 끝없이 연달아
길은 돌담을 끼고 갑니다.

담은 쇠문을 굳게 닫아
길 위에 긴 그림자를 드리우고

길은 아침에서 저녁으로
저녁에서 아침으로 통했습니다.

돌담을 더듬어 눈물짓다
쳐다보면 하늘은 부끄럽게 푸릅니다.

풀 한 포기 없는 이 길을 걷는 것은
담 저쪽에 내가 남아 있는 까닭이고,

내가 사는 것은, 다만,
잃은 것을 찾는 까닭입니다.

눈 감고 간다

태양을 사모하는 아이들아
별을 사랑하는 아이들아

밤이 어두웠는데
눈 감고 가거라.

가진 바 씨앗을
뿌리면서 가거라.

발부리에 돌이 채이거든
감았던 눈을 와짝 떠라.

별 헤는 밤

계절이 지나가는 하늘에는
가을로 가득 차 있습니다.

나는 아무 걱정도 없이
가을 속의 별들을 다 헤일 듯합니다.

가슴속에 하나 둘 새겨지는 별을
이제 다 못 헤는 것은
쉬이 아침이 오는 까닭이오,
내일 밤이 남은 까닭이오,
아직 나의 청춘이 다하지 않은 까닭입니다.

별 하나에 추억과
별 하나에 사랑과
별 하나에 쓸쓸함과
별 하나에 동경과

별 하나에 시(詩)와
별 하나에 어머니, 어머니,

어머님, 나는 별 하나에 아름다운 말 한마디씩 불러 봅니다. 소학교 때 책상을 같이했던 아이들의 이름과, 패, 경, 옥 이런 이국 소녀들의 이름과, 벌써 애기 어머니 된 계집애들의 이름과, 가난한 이웃 사람들의 이름과, 비둘기, 강아지, 토끼, 노새, 노루, '프랑시스 잠', '라이너 마리아 릴케' 이런 시인의 이름을 불러 봅니다.

이네들은 너무나 멀리 있습니다.
별이 아슬히 멀듯이,

어머님,
그리고 당신은 멀리 북간도에 계십니다.

나는 무엇인지 그리워
이 많은 별빛이 내린 언덕 위에
내 이름자를 써 보고,
흙으로 덮어 버리었습니다.

딴은 밤을 새워 우는 벌레는
부끄러운 이름을 슬퍼하는 까닭입니다.

그러나 겨울이 지나고 나의 별에도 봄이 오면
무덤 위에 파란 잔디가 피어나듯이
내 이름자 묻힌 언덕 위에도
자랑처럼 풀이 무성할 게외다.

나의

習作期의

詩 아닌 詩

초 한 대

초 한 대―
내 방에 풍긴 향내를 맡는다.

광명의 제단이 무너지기 전
나는 깨끗한 재물을 보았다.

염소의 갈비뼈 같은 그의 몸.
그의 생명인 심지까지
백옥 같은 눈물과 피를 흘려
불살려 버린다.

그리고도 책상머리에 아롱거리며
선녀처럼 촛불은 춤을 춘다.

매를 본 꿩이 도망가듯이
암흑이 창구멍으로 도망간

나의 방에 풍긴

제물의 위대한 향내를 맛보노라.

삶과 죽음

삶은 오늘도 죽음의 서곡을 노래하였다.
이 노래가 언제나 끝나랴

세상 사람은—
뼈를 녹여 내는 듯한 삶의 노래에
춤을 춘다.
사람들은 해가 넘어가기 전
이 노래 끝의 공포를
생각할 사이가 없었다.

하늘 복판에 아로새기듯이
이 노래를 부른 자가 누구뇨
그리고 소낙비 그친 뒤같이도
이 노래를 그친 자가 누구뇨

죽고 뼈만 남은
죽음의 승리자 위인들!

내일은 없다
—어린 마음의 물은

내일 내일 하기에
물었더니
밤을 자고 동틀 때
내일이라고

새날을 찾은 나는
잠을 자고 돌보니
그때는 내일이 아니라
오늘이더라

무리여! (동무여!)
내일은 없나니
....

조개껍질
―바닷물 소리 듣고 싶어

아롱아롱 조개껍데기
울 언니 바닷가에서
주워 온 조개껍데기

여긴여긴 북쪽 나라요
조개는 귀여운 선물
장난감 조개껍데기

데굴데굴 굴리며 놀다
짝 잃은 조개껍데기
한 짝을 그리워하네

아롱아롱 조개껍데기
나처럼 그리워하네
물소리 바닷물 소리

고향 집

—만주에서 부른

헌 짚신짝 끄을고
나 여기 왜 왔노
두만강을 건너서
쓸쓸한 이 땅에

남쪽 하늘 저 밑엔
따뜻한 내 고향
내 어머니 계신 곳
그리운 고향 집

병아리

"뾰, 뾰, 뾰,
엄마 젖 좀 주"
병아리 소리.

"꺽, 꺽, 꺽,
오냐 좀 기다려"
엄마 닭 소리.

좀 있다가
병아리들은
어미 품으로
다 들어갔지요.

오줌싸개 지도

빨랫줄에 걸어 논
요에다 그린 지도
지난밤에 내 동생
오줌 싸 그린 지도

꿈에 가 본 어머님 계신
별나라 지돈가?
돈 벌러 간 아버지 계신
만주땅 지돈가?

창구멍

바람 부는 새벽에 장터 가시는
우리 아빠 뒷자취 보고 싶어서
침을 발려 뚫어 논 작은 창구멍
아롱아롱 아침 해 비치웁니다

눈 내리는 저녁에 나무 팔러 간
우리 아빠 오시나 기다리다가
혀끝으로 뚫어 논 작은 창구멍
살랑살랑 찬바람 날아듭니다.

기왓장 내외

비 오는 날 저녁에 기왓장 내외
잃어버린 외아들 생각나선지
꼬부라진 잔등을 어루만지며
쭈룩쭈룩 구슬피 울음 웁니다.

대궐 지붕 위에서 기왓장 내외
아름답던 옛날이 그리워선지
주름 잡힌 얼굴을 어루만지며
물끄러미 하늘만 쳐다봅니다.

비둘기

안아보고 싶게 귀여운
산비둘기 일곱 마리
하늘 끝까지 보일 듯이 맑은 주일날 아침에
벼를 거두어 빽빽한 논에서
앞을 다투어 요를 주으며
어려운 이야기를 주고받으오.

날씬한 두 나래로 조용한 공기를 흔들어
두 마리가 나오.
집에 새끼 생각이 나는 모양이오.

이별

눈이 오다 물이 되는 날
잿빛 하늘에 또 뿌연 내, 그리고,
커다란 기관차는 빼―액― 울며,
쪼그만 가슴은 울렁거린다.

이별이 너무 재빠르다, 안타깝게도,
사랑하는 사람을,
일터에서 만나자 하고―
더운 손의 맛과, 구슬 눈물이 마르기 전
기차는 꼬리를 산굽으로 돌렸다.

모란봉에서

앙당한 솔나무 가지에
훈훈한 바람의 날개가 스치고
얼음 섞인 대동강 물에 한나절 햇발이 미끄러지다.

허물어진 성터에서
철모르는 여아들이
저도 모를 이국말로
재잘대며 뜀을 뛰고

난데없는 자동차가 밉다.

황혼

햇살은 미닫이 틈으로
길쭉한 일 자를 쓰고…… 지우고……

까마기 떼 지붕 위로
둘, 둘, 셋, 넷 자꾸 날아 지난다.
쑥쑥, 꿈틀꿈틀 북쪽 하늘로,

내사……
북쪽 하늘에 나래를 펴고 싶다.

가슴1

소리 없는 북,
답답하면 주먹으로
뚜다려 보오.

그래 봐도
후ㅡ
가ㅡ는 한숨보다 못하오.

가슴 2

늦은 가을 쓰르라미
숲에 쌔워 공포에 떨고

웃음 웃는 흰 달 생각이
도망가오.

가슴 3

불 꺼진 화독을
안고 도는 겨울밤은 깊었다.

재만 남은 가슴이
문풍지 소리에 떤다.

종달새

종달새는 이른 봄날
질디진 거리의 뒷골목이
싫더라.
명랑한 봄 하늘,
가벼운 두 나래를 펴서
요염한 봄노래가,
좋더라.
그러나
오늘도 구멍 뚫린 구두를 끌고,
훌렁훌렁 뒷거리 길로
고기 새끼 같은 나는 헤매나니,
나래와 노래가 없음인가
가슴이 답답하구나.

거리에서

달밤의 거리
광풍이 휘날리는
북국의 거리
도시의 진주
전등 밑을 헤엄치는
쪼그만 인어 나,
달과 전등에 비쳐
한 몸에 둘 셋의 그림자,
커졌다 작아졌다.

괴롬의 거리
회색빛 밤거리를
걷고 있는 이 마음,
선풍이 일고 있네.
외로우면서도
한 갈피 두 갈피

피어나는 마음의 그림자,

푸른 공상이

높아졌다 낮아졌다.

산상

거리가 바둑판처럼 보이고,
강물이 배암의 새끼처럼 기는
산 위에까지 왔다.
아직쯤은 사람들이
바둑돌처럼 벌여 있으리라.

한나절의 태양이
함석지붕에만 비치고
굼벵이 걸음을 하던 기차가
정거장에 섰다가 검은 내를 토하고
또 걸음발을 탄다.

텐트 같은 하늘이 무너져
이 거리를 덮을까 궁금하면서
좀 더 높은 곳으로 올라가고 싶다.

공상

공상—
내 마음의 탑
나는 말없이 이 탑을 쌓고 있다.
명예와 허영의 천공에다
무너질 줄도 모르고
한 층 두 층 높이 쌓는다.

무한한 나의 공상—
그것은 내 마음의 바다,
나는 두 팔을 펼쳐서
나의 바다에서
자유로이 헤엄친다.
황금, 지욕(知慾)의 수평선을 향하여.

이런 날

사이좋은 정문의 두 돌기둥 끝에서
오색기와 태양기가 춤을 추는 날,
금을 그은 지역의 아이들이 즐거워하다.

아이들에게 하루의 건조한 학과로
해말간 권태가 깃들고
'모순' 두 자를 이해치 못하도록
머리가 단순하였구나.

이런 날에는
잃어버린 완고하던 형을
부르고 싶다.

오후의 구장

늦은 봄 기다리던 토요일 날,
오후 세시 반의 경성행 열차는
석탄 연기를 자욱이 풍기고
소리치고 지나가고,

한 몸을 끌기에 강하던
공이 자력을 잃고
한 모금의 물이
불붙는 목을
축이기에 넉넉하다.
젊은 가슴의 피 순환이 잦고,
두 철각이 늘어진다.

검은 기차 연기와 함께
푸른 산이
아지랑이 저쪽으로
가라앉는다.

꿈은 깨어지고

꿈은 눈을 떴다
그윽한 유무(幽霧)에서.

노래하던 종다리
도망쳐 날아 나고

지난날 봄 타령하던
금잔디 밭은 아니다.

탑은 무너졌다.
붉은 마음의 탑이—

손톱으로 새긴 대리석 탑이—
하룻저녁 폭풍에 여지없이도,

오— 황폐의 쑥밭,
눈물과 목메임이여!

꿈은 깨어졌다
탑은 무너졌다.

창공

그 여름날
열정의 포플러는
오려는 창공의 푸른 젖가슴을
어루만지려
팔을 펼쳐 흔들거렸다.
끓는 태양 그늘 좁다란 지점에서

천막 같은 하늘 밑에서
떠들던, 소나기
그리고 번개를,
춤추던 구름을 이끌고
남방으로 도망하고,
높다랗게 창공은 한쪽으로
가지 위에 퍼지고
둥근달과 기러기를 불러왔다.

푸르른 어린 마음이 이상에 타고
그의 동경의 날 가을에
조락(凋落)의 눈물을 비웃다.

양지쪽

저쪽으로 황토 실은 봄바람이
커—브를 돌아 피하고
아롱진 손길의 사월 태양이
좀먹어 시들은 가슴을 만진다.

이역인 줄 모르는 소학생 애 둘이
지도째기 놀음에
한 뼘의 손가락이
짧음을 한함이여

아서라! 엷은 평화가 깨어질까 근심스럽다.

빗자루

요—리조리 베면 저고리 되고
이—렇게 베면 큰 총 되지.
누나하고 나하고
가위로 종이 쏠았더니
어머니가 빗자루 들고
누나 하나 나 하나
엉덩이를 때렸소
방바닥이 어지럽다고—

아니 아니
고놈의 빗자루가
방바닥 쓸기 싫으니
그랬지 그랬어
괘씸하여 벽장 속에 감췄더니
이튿날 아침
빗자루가 없다고
어머니가 야단이지요.

햇비

아씨처럼 내린다
보슬보슬 햇비
맞아 주자 다 같이
옥수숫대처럼 크게
닷 자 엿 자 자라게
해님이 웃는다
나 보고 웃는다.

하늘 다리 놓였다.
알롱달롱 무지개
노래하자, 즐겁게
동무들아 이리 오나
다 같이 춤을 추자
해님이 웃는다
즐거워 웃는다.

비행기

머리에 프로펠러가
연잣간 풍차보다
더—빨리 돈다.

땅에서 오를 때보다
하늘에 높이 떠서는
빠르지 못하다
숨결이 찬 모양이야.

비행기는—
새처럼 나래를
펄럭거리지 못한다.
그리고 늘—
소리를 지른다.
숨이 찬가 봐.

닭 [1]*

한 간 계사(鷄舍) 그 너머는 창공이 깃들어
자유의 향토를 잊은 닭들이
시들은 생활을 주잘대고
생산의 고로를 부르짖었다.
음산한 계사에서 쏠려 나온
외래종 레그혼,
학원에서 새 무리가 밀려 나오는
삼월의 맑은 오후도 있다.
닭들은 녹아드는 두엄을 파기에
아담한 두 다리가 분주하고
굶주렸던 주두리가
바지런하다.
두 눈은 여물었고
날 수 있는 기능을 망각하였구나
아깝다 세련한 그 몸이

* 같은 제목의 동시「닭」도 있다.

굴뚝

산골짜기 오막살이 낮은 굴뚝엔
몽기몽기 웬 연기 대낮에 솟나,

감자를 굽는 게지 총각 애들이
깜박깜박 검은 눈이 모여 앉아서
입술이 꺼멓게 숯을 바르고
옛이야기 한 커리에 감자 하나씩.

산골짜기 오막살이 낮은 굴뚝엔
살랑살랑 솟아나네 감자 굽는 내.

무얼 먹고 사나

바닷가 사람
물고기 잡아먹고 살고

산골엣 사람
감자 구워 먹고 살고

별나라 사람
무얼 먹구 사나

봄 [1]

우리 애기는
아래 발추에서 코올코올,

고양이는
부뚜막에서 가릉가릉

애기 바람이
나뭇가지에 소올소올

아저씨 해님이
하늘 한가운데서 째앵째앵.

참새

가을 지난 마당을
백노지인 양
참새들이
글씨 공부하지요.

짹, 짹,
입으론
부르면서
두 발로는
글씨 공부하지요.

하루종일
글씨 공부하여도
짹 자 한 자
밖에 더 못 쓰는걸.

개[1]

눈 위에서

개가

꽃을 그리며

뛰오.

편지

누나!
이 겨울에도
눈이 가득히 왔습니다.

흰 봉투에
눈을 한 줌 넣고
글씨도 쓰지 말고
우표도 붙이지 말고
말쑥하게 그대로
편지를 부칠까요.

누나 가신 나라엔
눈이 아니 온다기에.

버선 본

어머니!
누나 쓰다 버린 습자지는
두었다간 뭣에 쓰나요?

그런 줄 몰랐더니
습자지에다 내 버선 놓고
가위로 오려
버선 본 만드는 걸.

어머니!
내가 쓰다 버린 몽당연필은
두었다간 뭣에 쓰나요

그런 줄 몰랐더니
천 위에다 버선 본 놓고
침 발려 점을 찍곤
내 버선 만드는 걸.

눈 [1]

지난밤에
눈이 소—복이 왔네

지붕이랑
길이랑 밭이랑
추워한다고
덮어 주는 이불인가 봐

그러기에
추운 겨울에만 나리지

사과

붉은 사과 한 개를
아버지 어머니
누나, 나, 넷이서
껍질째로 송치까지
다— 논아 먹었소.

눈[2]

눈이 새하얗게 와서,

눈이

새물새물하오.

닭 [2]

―닭은 나래가 커도

왜, 날잖아요

―아마 두엄 파기에

홀, 잊었나 봐.

아침

훽, 훽, 훽, 소꼬리가 부드러운 채찍질로 어둠을 쫓아,
캄, 캄, 캄, 어둠이 깊다 깊다 밝으오.

이제 이 동리의 아침이
풀살 오른 소 엉덩이처럼 기름지오
이 동리 콩죽 먹은 사람들이
땀물을 뿌려 이 여름을 자래웠소.

잎, 잎, 풀잎마다 땀방울이 맺혔소.
여보! 여보! 이 모—든 것을 아오.

이 아침을
심호흡하오 또 하오.

겨울

처마 밑에
시래기 다람이
바삭바삭
춥소.

길바닥에
말똥 동그래미
달랑달랑
어오.

호주머니

1

넣을 것 없어
걱정이던
호주머니는,

겨울만 되면
주먹 두 개 갑북갑북.

거짓부리

똑, 똑, 똑,
문 좀 열어 주세요
하룻밤 자고 갑시다
밤은 깊고 날은 추운데
거 누굴까?
문 열어 주고 보니
검둥이의 꼬리가
거짓부리 한 걸.

꼬끼오, 꼬끼오,
달걀 낳았다.
간난아! 어서 집어 가거라
간난이 뛰어가 보니
달걀은 무슨 달걀,
고놈의 암탉이
대낮에 새빨간
거짓부리 한 걸.

둘 다

바다도 푸르고
하늘도 푸르고

바다도 끝없고
하늘도 끝없고

바다에 돌 던지고
하늘에 침 뱉고

바다는 벙글
하늘은 잠잠

반딧불

가자, 가자, 가자,
숲으로 가자.
달 조각을 주우러
숲으로 가자.

그믐밤 반딧불은
부서진 달 조각,

가자, 가자, 가자,
숲으로 가자.
달 조각을 주우러
숲으로 가자.

만돌이

만돌이가 학교에서 돌아오다가
전봇대 있는 데서
돌재기 다섯 개를 주웠습니다.

전봇대를 겨누고
돌 한 개를 뿌렸습니다.
—딱—
두 개째 뿌렸습니다.
—아뿔싸—
세 개째 뿌렸습니다.
—딱—
네 개째 뿌렸습니다.
—아뿔싸—
다섯 개째 뿌렸습니다.
—딱—
다섯 개에 세 개……

그만하면 되었다.
내일 시험,
다섯 문제에, 세 문제만 하면—
손꼽아 구구를 하여 봐도

허양 육십 점이다.
볼 거 있나 공 차러 가자.

그 이튿날 만돌이는
꼼짝 못하고 선생님한테
흰 종이를 바쳤을까요.
그렇잖으면 정말
육십 점을 맞았을까요.

밤

외양간 당나귀
아 — ㅇ 앙 외마디 울음 울고

당나귀 소리에
으 — 아 아 애기 소스라쳐 깨고,

등잔에 불을 다오.

아버지는 당나귀에게
짚을 한 키 담아 주고,

어머니는 애기에게
젖을 한 모금 먹이고,

밤은 다시 고요히 잠드오.

개[2]

"이 개 더럽잖니"

아—니 이웃집 덜렁 수개가

오늘 어슬렁어슬렁 우리 집으로 오더니

우리 집 바둑이의 밑구멍에다 코를 대고

씩씩 내를 맡겠지 더러운 줄도 모르고,

보기 숭해서 막 차며 욕해 쫓았더니

꼬리를 휘휘 저으며

너희들보다 어떻겠냐 하는 상으로

뛰어가겠지요 나—참.

나무

나무가 춤을 추면
바람이 불고
나무가 잠잠하면
바람도 자오.

식권

식권은 하루 세 끼를 준다.

식모는 젊은 아이들에게
한때 흰 그릇 셋을 준다.

대동강 물로 끓인 국,
평안도 쌀로 지은 밥,
조선의 매운 고추장,

식권은 우리 배를 부르게.

제3부 두 번째 원고 노트

窓

남쪽 하늘

제비는 두 나래를 가지었다.
시산한 가을날—

어머니의 젖가슴이 그리운
서리 나리는 저녁—
어린 영(靈)은 쪽나래의 향수를 타고
남쪽 하늘에 떠돌 뿐—

빨래

빨랫줄에 두 다리를 드리우고
흰 빨래들이 귓속 이야기하는 오후,

쨍쨍한 칠월 햇발은 고요히도
아담한 빨래에만 달린다.

곡간

산들이 두 줄로 줄달음질 치고
여울이 소리쳐 목이 잦았다.
한여름의 해님이 구름을 타고
이 골짜기를 빠르게도 건너련다.

산등아리에 송아지 뿔처럼
울뚝불뚝히 어린 바위가 솟고,
얼룩소의 보드러운 털이
산등서리에 퍼—렇게 자랐다.

삼 년 만에 고향 찾아드는
산골 나그네의 발걸음이
타박타박 땅을 고눈다.
벌거숭이 두루미 다리같이……

헌 신짝이 지팡이 끝에

모가지를 매달아 늘어지고,

까치가 새끼의 날발을 태우려 날 뿐,

골짝은 나그네의 마음처럼 고요하다.

황혼이 바다가 되어

하루도 검푸른 물결에
흐느적 잠기고…… 잠기고……

저― 웬 검은 고기 떼가
물든 바다를 날아 횡단할고,

낙엽이 된 해초
해초마다 슬프기도 하오.

서창에 걸린 해말간 풍경화.
옷고름 너어는 고아의 설움.

이제 첫 항해하는 마음을 먹고
방바닥에 나딩구오…… 딩구오……

황혼이 바다가 되어

오늘도 수많은 배가

나와 함께 이 물결에 사라졌을 게오.

가을밤

궂은비 내리는 가을밤
벌거숭이 그대로
잠자리에서 뛰쳐나와
마루에 쭈그리고 서서
아인양 하고
솨— 오줌을 쏘오.

장

이른 아침 아낙네들은 시들은 생활을
바구니 하나 가득 담아 이고……
업고 지고…… 안고 들고……
모여드오 자꾸 장에 모여드오.

가난한 생활을 골골이 벌여 놓고
밀려가고 밀려오고……
저마다 생활을 외치오…… 싸우오.

온 하루 올망졸망한 생활을
되질하고 저울질하고 자질하다가
날이 저물어 아낙네들이
쓴 생활과 바꾸어 또 이고 돌아가오.

풍경

봄바람을 등진 초록빛 바다
쏟아질 듯 쏟아질 듯 위태롭다.

잔주름 치마폭의 두둥실거리는 물결은,
오스라질 듯 한껏 경쾌롭다.

마스트 끝에 붉은 깃발이
여인의 머리칼처럼 나부낀다.

이 생생한 풍경을 앞세우며 뒤세우며
온 하루 거닐고 싶다.

—우중충한 오월 하늘 아래로,
—바다 빛 포기포기에 수놓은 언덕으로.

달밤

흐르는 달의 흰 물결을 밀쳐
여윈 나무 그림자를 밟으며,
북망산을 향한 발걸음은 무거웁고
고독을 반려한 마음은 슬프기도 하다.

누가 있어만 싶든 묘지엔 아무도 없고,
정적만이 군데군데 흰 물결에 폭 젖었다.

한난계

싸늘한 대리석 기둥에 모가지를 비틀어 맨 한난계,
문득 들여다볼 수 있는 운명한 오척육촌의 허리 가는
수은주,
마음은 유리관보다 맑소이다.

혈관이 단조로이 신경질인 여론동물,
가끔 분수 같은 냉침을 억지로 삼키기에,
정력을 낭비합니다.

영하로 손구락질할 수돌네 방처럼 추운 겨울보다
해바라기가 만발할 팔월 교정이 이상곺소이다.
피 끓을 그날이—

어제는 막 소낙비가 퍼붓더니 오늘은 좋은 날씨올시다.
동저고리 바람에 언덕으로, 숲으로 하시구려—
이렇게 가만가만 혼자서 귓속 이야기를 하였습니다.

나는 또 내가 모르는 사이에—

나는 아마도 진실한 세기의 계절을 따라—
하늘만 보이는 울타리 안을 뛰쳐,
역사 같은 포지션을 지켜야 봅니다.

그 여자

함께 핀 꽃에 처음 익은 능금은
먼저 떨어졌습니다.

오늘도 가을바람은 그냥 붑니다.

길가에 떨어진 붉은 능금은
지나던 손님이 집어 갔습니다.

야행

정각! 마음이 아픈 데 있어 고약을 붙이고
시들은 다리를 끄을고 떠나는 행장.
—기적이 들리잖게 운다.
사랑스런 여인이 타박타박 땅을 굴러 쫓기에
하도 무서워 상가교를 기어 넘다.
—이제로부터 등산철도,
이윽고 사색의 포플러 터널로 들어간다.
시(詩)라는 것을 반추하다 마땅히 반추하여야 한다.
—저녁연기가 놀로 된 이후
휘파람 부는 햇 귀뚜라미의 노래는 마디마디 끊어져
그믐달처럼 호젓하게 슬프다.
늬는 노래 배울 어머니도 아바지도 없나 보다.
—늬는 다리 가는 쬐그만 보헤미안
내사 보리밭 동리에 어머니도 누나도 있다.
그네는 노래 부를 줄 몰라
오늘 밤도 그윽한 한숨으로 보내리니—

비 뒤

"어—얼마나 반가운 비냐"
할아버지의 즐거움.

가물 들었던 곡식 자라는 소리
할아버지 담배 빠는 소리와 같다.

비 뒤의 햇살은
풀잎에 아름답기도 하다.

비애

호젓한 세기의 달을 따라
알 듯 모를 듯한 데로 거닐과저!

아닌 밤중에 튀기듯이
잠자리를 뛰쳐
끝없는 광야를 홀로 거니는
사람의 심사는 외로우려니

아― 이 젊은이는
피라미드처럼 슬프구나

명상

가흘가흘한 머리칼은 오막살이 처마 끝,
휘파람에 콧마루가 서운한 양 간질키오.

들창 같은 눈은 가볍게 닫혀
이 밤에 연정은 어둠처럼 골골이 스며드오.

창

쉬는 시간마다
나는 창녁으로 갑니다.

—창은 산 가르침.

이글이글 불을 피워 주소,
이 방에 찬 것이 서럽니다.

단풍잎 하나
맴도나 보니
아마도 자그마한 선풍이인 게외다.

그래도 싸늘한 유리창에
햇살이 쨍쨍한 무렵,
상학종이 울어만 싶습니다.

바다

실어다 뿌리는
바람조차 씨원타.

솔나무 가지마다 새침히
고래를 돌리어 뻐들어지고,

밀치고
밀치운다.

이랑을 넘는 물결은
폭포처럼 피어오른다.

해변에 아이들이 모인다
찰찰 손을 씻고 구부로,

바다는 자꾸 설워진다.

갈매기의 노래에……

돌아다보고 돌아다보고
돌아가는 오늘의 바다여!

유언

흰한 방에 유언은 소리 없는 입놀림.

—바다에 진주 캐러 갔다는 아들
해녀와 사랑을 속삭인다는 맏아들
이 밤에사 돌아오나 내다봐라—

평생 외로운 아바지의 운명
감기우는 눈에 슬픔이 어린다.

외딴집에 개가 짖고,
휘양찬 달이 문살에 흐르는 밤.

산협의 오후

내 노래는 오히려
섧은 산울림.

골짜기 길에
떨어진 그림자는
너무나 슬프구나

오후의 명상은
아— 졸려.

어머니

어머니!
젖을 빨려 이 마음을 달래어 주시오.
이 밤이 자꾸 설워지나이다.

이 아이는 턱에 수염자리 잡히도록
무엇을 먹고 자랐나이까?
오늘도 흰 주먹이
입에 그대로 물려 있나이다.

어머니!
부서진 납인형도 싫어진 지 벌써 오랩니다

철비가 후누주군이 나리는 이 밤을
주먹이나 빨면서 새우리까?
어머니! 그 어진 손으로
이 울음을 달래어 주시오.

소낙비

번개, 뇌성, 왁자지근 뚜다려
먼 도회지에 낙뢰가 있어만 싶다.

벼룻장 엎어 논 하늘로
살 같은 비가 살처럼 쏟아진다.

손바닥만 한 나의 정원이
마음같이 흐린 호수되기 일쑤다.

바람이 팽이처럼 돈다.
나무가 머리를 이루 잡지 못한다.

내 경건한 마음을 모셔 들여
노아 때 하늘을 한 모금 마시다.

사랑의 전당

순아 너는 내 전에 언제 들어왔던 것이냐?
내사 언제 네 전에 들어갔던 것이냐?

우리들의 전당은
고풍한 풍습이 어린 사랑의 전당

순아 암사슴처럼 수정 눈을 내리감아라.
난 사자처럼 엉크린 머리를 고르련다.

우리들의 사랑은 한낱 벙어리였다.

청춘!
성스런 촛대에 열한 불이 꺼지기 전
순아 너는 앞문으로 내달려라.

어둠과 바람이 우리 창에 부닥치기 전

나는 영원한 사랑을 안은 채
뒷문으로 멀리 사라지련다.

이제,
네게는 삼림 속의 아늑한 호수가 있고
내게는 준험한 산맥이 있다.

비 오는 밤

쏴— 철석! 파도소리 문살에 부서져
잠 살포시 꿈이 흩어진다.

잠은 한낱 검은 고래떼처럼 살래어,
달랠 아무런 재주도 없다.

불을 밝혀 잠옷을 정성스리 여미는
삼경.
염원.

동경의 땅 강남에 또 홍수질 것만 싶어.
바다의 향수보다 더 호젓해진다.

이적

발에 터분한 것을 다 빼어 버리고
황혼이 호수 위로 걸어오듯이
나도 사뿐사뿐 걸어 보리이까?

내사 이 호숫가로
부르는 이 없이
불리어 온 것은
참말 이적(異蹟)이외다.

오늘따라
연정, 자홀, 시기, 이것들이
자꾸 금메달처럼 만져지는구려

하나, 내 모든 것을 여념 없이,
물결에 써서 보내려니
당신은 호면(湖面)으로 나를 불러내소서.

아우의 인상화

붉은 이마에 싸늘한 달이 서리어
아우의 얼굴은 슬픈 그림이다.

발걸음을 멈추어
살그머니 앳된 손을 잡으며
"늬는 자라 무엇이 되려니"

"사람이 되지"
아우의 설운 진정코 설운 대답이다.

슬며―시 잡았던 손을 놓고
아우의 얼굴을 다시 들여다본다.

싸늘한 달이 붉은 이마에 젖어
아우의 얼굴은 슬픈 그림이다.

코스모스

청초한 코스모스는
오직 하나인 나의 아가씨

달빛이 싸늘히 추운 밤이면
옛 소녀가 못 견디게 그리워
코스모스 핀 정원으로 찾아간다.

코스모스는
귀뚜라미 울음에도 수줍어지고
코스모스 앞에 선 나는
어렸을 적처럼 부끄러워지나니

내 마음은 코스모스의 마음이요
코스모스의 마음은 내 마음이다.

고추밭

시들은 잎새 속에서
고 빨—간 살을 드러내 놓고,
고추는 방년된 아가씬 양
땡볕에 자꾸 익어간다.

할머니는 바구니를 들고
밭머리에서 어정거리고
손가락 너어는 아이는
할머니 뒤만 따른다.

비로봉

만상을
굽어보기란—

무릎이
오들오들 떨린다.

백화
어려서 늙었다.

새가
나비가 된다.

정말 구름이
비가 된다.

옷자락이
춥다.

햇빛·바람

손가락에 침 발러
쏘옥, 쏙, 쏙
장에 가신 엄마 내다보려
문풍지를
쏘옥, 쏙, 쏙

아침에 햇빛이 빤짝,

손가락에 침 발러
쏘옥, 쏙, 쏙
장에 가신 엄마 돌아오나
문풍지를
쏘옥, 쏙, 쏙

저녁에 바람이 솔솔.

해바라기 얼굴

누나의 얼굴은
해바라기 얼굴
해가 금방 뜨자
일터에 간다.

해바라기 얼굴은
누나의 얼굴
얼굴이 숙어들어
집으로 온다.

애기의 새벽

우리 집에는
닭도 없단다.
다만
애기가 젖 달라 울어서
새벽이 된다.

우리 집에는
시계도 없단다.
다만
애기가 젖 달라 보채어
새벽이 된다.

귀뚜라미와 나와

귀뚜라미와 나와
잔디밭에서 이야기했다.

귀뜰귀뜰
귀뜰귀뜰

아무에게도 알으켜 주지 말고
우리 둘만 알자고 약속했다.

귀뜰귀뜰
귀뜰귀뜰

귀뚜라미와 나와
달 밝은 밤에 이야기했다.

산울림

까치가 울어서
산울림,
아무도 못 들은
산울림.

까치가 들었다,
산울림,
저 혼자 들었다,
산울림.

달같이

연륜이 자라듯이
달이 자라는 고요한 밤에
달같이 외로운 사랑이
가슴 하나 뻐근히
연륜처럼 피어 나간다.

트르게네프의 언덕

나는 고갯길을 넘고 있었다…… 그때 세 소년 거지가
나를 지나쳤다.

첫째 아이는 잔등에 바구니를 둘러메고, 바구니 속에
는 사이다 병, 간즈메통 쇳조각, 헌 양말짝 등 폐물이
가득하였다.

둘째 아이도 그러하였다.

셋째 아이도 그러하였다.

텁수룩한 머리털, 시커먼 얼굴에 눈물 고인 충혈된 눈,
색 잃어 푸르스름함 입술, 너들너들한 남루, 찢겨진
맨발,

아— 얼마나 무서운 가난이 이 어린 소년들을 삼키었
느냐!

나는 측은한 마음이 움직이었다.

나는 호주머니를 뒤지었다. 두툼한 지갑, 시계, 손수
건……

있을 것은 죄다 있었다.

그러나 무턱대고 이것들을 내줄 용기는 없었다. 손으로 만지작 만지작거릴 뿐이었다.

다정스레 이야기나 하리라 하고 "얘들아" 불러보았다.

첫째 아이가 충혈된 눈으로 흘끔 돌아다볼 뿐이었다.

둘째 아이도 그러할 뿐이었다.

셋째 아이도 그러할 뿐이었다.

그러고는 너는 상관없다는 듯이 자기네끼리 소곤소곤 이야기하면서 고개로 넘어갔다.

언덕 위에는 아무도 없었다.

짙어가는 황혼이 밀려들 뿐—

산골 물

괴로운 사람아 괴로운 사람아
옷자락 물결 속에서도
가슴속 깊이 돌돌 샘물이 흘러
이 밤을 더불어 말할 이 없도다.
거리의 소음과 노래 부를 수 없도다.
그신 듯이 냇가에 앉았으니
사랑과 일을 거리에 맡기고
가만히 가만히
바다로 가자.
바다로 가자.

할아버지

왜 떡이 쓴 데도
자꾸 달다고 하오.

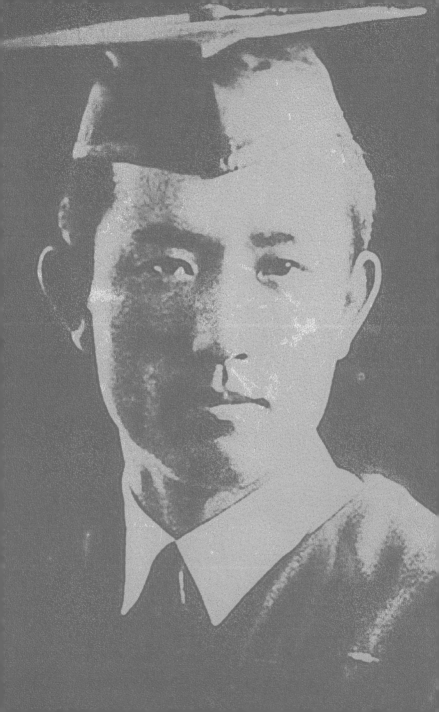

제4부

습 유 작 품

산림

시계가 자근자근 가슴을 다려
하잔한 마음을 산림이 부른다.

천년 오래인 연륜에 짜들은 유적한 산림이
고달픈 한 몸을 호옴할 인연을 가졌나 보다.

산림의 검은 파동우으로부터
어둠은 어린 가슴을 짓밟는다.

멀리 첫여름의 개고리 재질댐에
흘러간 마을의 과거가 아질타.

가지, 가지 사이로 반짝이는 별들만이
새날의 향연으로 나를 부른다.

발걸음을 멈추어

하나, 둘, 어둠을 헤아려 본다
아득하다

문득 이파리 흔드는 저녁 바람에
쏴—무섬이 옮아 오고

위로

거미란 놈이 흉한 심보로 병원 뒤뜰 난간과 꽃밭 사이
사람 발이 잘 닿지 않는 곳에 그물을 쳐 놓았다. 옥외
요양을 받는 젊은 사나이가 누워서 쳐다보기 바르게—

나비가 한 마리 꽃밭에 날아들다 그물에 거리었다. 노
—란 날개를 파득거려도 파득거려도 나비는 자꾸 감기
우기만 한다.
거미는 쏜살같이 가더니 끝없는 끝없는 실을 뽑아 나
비의 온몸을
감아 버린다
사나이는 긴 한숨을 쉬었다.

나보담 무수한 고생 끝에 때를 잃고 병을 얻은 이 사나
이를 위로할 말이—
거미줄을 헝클어 버리는 것밖에 위로의 말이 없었다.

팔복
—마태복음 5장 3~12

슬퍼하는 자는 복이 있나니
슬퍼하는 자는 복이 있나니
슬퍼하는 자는 복이 있나니
슬퍼하는 자는 복이 있나니
슬퍼하는 자는 복이 있나니
슬퍼하는 자는 복이 있나니
슬퍼하는 자는 복이 있나니
슬퍼하는 자는 복이 있나니

저희가 영원히 슬플 것이오.

봄 [2]

봄이 혈관 속에 시내처럼 흘러
돌, 돌, 시내 가차운 언덕에
개나리, 진달래, 노─란 배추꽃,

삼동을 참아 온 나는
풀포기처럼 피어난다.

즐거운 종달새야
어느 이랑에서나 즐거웁게 솟쳐라.

푸르른 하늘은
아른, 아른, 높기도 한데……

못 자는 밤

하나, 둘, 셋, 넷
....
밤은
많기도 하다.

흐르는 거리[1]*

돌아와 보는 밤

세상으로부터 돌아오듯이
이제 내 좁은 방에 돌아와서
불을 끄옵니다.

불을 켜 두는 것은 너무나 피롭은 일이옵니다.
그것은 낮의 연장이옵기에

밖을 가만히 내다보아야
방 안과 같이 어두워
꼭 세상 같은데

비를 맞고 오던 길이 그대로 어둠 속에 남아 있사옵니
다.

하루의 울분을 씻을 바 없어

가만히 눈을 감으면

마음속으로 흐르는 소리, 이제

사상이 능금처럼 저절로 익어 가옵니다.

---

^ᶠ 「돌아와 보는 밤」과 똑같은 내용에 제목만 다르게 붙였다.

간

바닷가 햇빛 바른 바위 우에
습한 간을 펴서 말리우자.

코카서스 산중에서 도망해 온 토끼처럼
둘러리를 빙빙 돌며 간을 지키자.

내가 오래 기르던 여윈 독수리야!
와서 뜯어먹어라, 시름없이

너는 살찌고
나는 여위어야지, 그러나,

거북이야!
다시는 용궁의 유혹에 안 떨어진다.

프로메테우스 불쌍한 프로메테우스

불 도적한 죄로 목에 맷돌을 달고
끝없이 침전하는 프로메테우스.

참회록

파란 녹이 낀 구리 거울 속에
내 얼굴이 남아 있는 것은
어느 왕조의 유물이기에
이다지도 욕될까

나는 나의 참회의 글을 한 줄에 줄이자
─만 이십사 년 일 개월을
무슨 기쁨을 바라 살아왔던가

내일이나 모레나 그 어느 즐거운 날에
나는 또 한 줄의 참회록을 써야 한다.
─그때 그 젊은 나이에
왜 그런 부끄런 고백을 했던가.

밤이면 밤마다 나의 거울을
손바닥으로 발바닥으로 닦아 보자.

그러면 어느 운석 밑으로 홀로 걸어가는
슬픈 사람의 뒷모양이
거울 속에 나타나 온다.

흰 그림자

황혼이 짙어지는 길모금에서
하루 종일 시든 귀를 가만히 기울이면
땅거미 옮겨지는 발자취 소리,

발자취 소리를 들을 수 있도록
나는 총명했던가요.

이제 어리석게도 모든 것을 깨달은 다음
오래 마음 깊은 속에
괴로워하던 수많은 나를
하나, 둘 제 고장으로 돌려보내면
거리 모퉁이 어둠 속으로
소리 없이 사라지는 흰 그림자,

흰 그림자들
연연히 사랑하던 흰 그림자들,

내 모든 것을 돌려보낸 뒤

허전히 뒷골목을 돌아

황혼처럼 물드는 내 방으로 돌아오면

산념이 깊은 의젓한 양처럼

하루 종일 시름없이 풀포기나 뜯자.

사랑스런 추억

봄이 오던 아침, 서울 어느 쪼그만 정거장에서
희망과 사랑처럼 기차를 기다려,

나는 플랫폼에 간신한 그림자를 떨어뜨리고,
담배를 피웠다.

내 그림자는 담배 연기 그림자를 날리고
비둘기 한 떼가 부끄러울 것도 없이
나래 속을 속, 속, 햇빛에 비춰, 날았다.

기차는 아무 새로운 소식도 없이
나를 멀리 실어다 주어,

봄은 다 가고— 동경 교외 어느 조용한 하숙방에서, 옛
거리에 남은 나를 희망과 사랑처럼 그리워한다.

오늘도 기차는 몇 번이나 무의미하게 지나가고

오늘도 나는 누구를 기다려 정거장 가까운 언덕에서
서성거릴 게다.

—아아 젊음은 오래 거기 남아 있거라.

흐르는 거리 [2]

으스름히 안개가 흐른다. 거리가 흘러간다.

저 전차, 자동차, 모든 바퀴가 어디로 흘리워 가는 것일까?

정박할 아무 항구도 없이, 가련한 많은 사람들을 싣고서, 안개 속에 잠긴 거리는,

거리 모퉁이 붉은 포스트 상자를 붙잡고 섰을라면 모든 것이 흐르는 속에 어렴풋이 빛나는 가로등, 꺼지지 않는 것은 무슨 상징일까? 사랑하는 동무 박이여! 그리고 김이여! 자네들은 지금 어디 있는가? 끝없이 안개가 흐르는데,

"새로운 날 아츰 우리 다시 정답게 손목을 잡아 보세"
몇 자 적어 포스트 속에 떨어뜨리고, 밤을 새워 기다리면 금 휘장에 금 단추를 삐였고 거인처럼 찬란히 나타나는 배달부, 아침과 함께 즐거운 내림,

이 밤을 하염없이 안개가 흐른다.

쉽게 씌어진 시

창밖에 밤비가 속살거려
육첩방은 남의 나라,

시인이란 슬픈 천명인 줄 알면서도
한 줄 시를 적어 볼까,

땀내와 사랑내 포근히 풍긴
보내 주신 학비 봉투를 받아

대학 노―트를 끼고
늙은 교수의 강의 들으러 간다.

생각해 보면 어린 때 동무를
하나, 둘, 죄다 잃어버리고

나는 무얼 바라

나는 다만, 홀로 침전하는 것일까?

인생은 살기 어렵다는데
시가 이렇게 쉽게 씌어지는 것은
부끄러운 일이다.

육첩방은 남의 나라
창밖에 밤비가 속살거리는데,

등불을 밝혀 어둠을 조곰 내몰고,
시대처럼 올 아침을 기다리는 최후의 나,

나는 나에게 작은 손을 내밀어
눈물과 위안으로 잡는 최초의 악수.

제5부

산 문

달을 쏘다

번거롭던 사위가 잠잠해지고 시계 소리가 또렷하나
보니 밤은 적이 깊을 대로 깊은 모양이다. 보던 책자를
책상머리에 밀어 놓고 잠자리를 수습한 다음 잠옷을
걸치는 것이다. '딱' 스위치 소리와 함께 전등을 끄고
창 옆의 침대에 드러누우니 이때까지 밝은 휘양찬 달
밤이었던 것을 감각치 못하였었다. 이것도 밝은 전등
의 혜택이었을까.

나의 누추한 방이 달빛에 잠겨 아름다운 그림이 된다
는 것보다도 오히려 슬픈 선창이 되는 것이다. 창살이
이마로부터 콧마루, 입술, 이렇게 하여 가슴에 여맨 손
등에까지 어른거려 나의 마음을 간질이는 것이다. 옆
에 누운 분의 숨소리에 방은 무시무시해진다. 아이처
럼 황황해지는 가슴에 눈을 치떠서 밖을 내다보니 가
을 하늘은 역시 맑고 우거진 송림은 한 폭의 묵화다.
달빛은 솔가지에 솔가지에 쏟아져 바람인 양 솨— 소
리가 날 듯하다. 들리는 것은 시계 소리와 숨소리와 귀

뚜라미 울음뿐 벅쩍고던 기숙사도 절간보다 더 한층
고요한 것이 아니냐?

나는 깊은 사념에 잠기우기 한창이다. 딴은 사랑스런
아가씨를 사유할 수 있는 아름다운 상화도 좋고, 어린
쩍 미련을 두고 온 고향에의 향수도 좋거니와 그보담
손쉽게 표현 못할 심각한 그 무엇이 있다.

바다를 건너 온 H군의 편지 사연을 곰곰 생각할수록
사람과 사람 사이의 감정이란 미묘한 것이다. 감상적
인 그에게도 필연코 가을은 왔나 보다.

편지는 너무나 지나치지 않았던가. 그중 한 토막,

"군아! 나는 지금 울며 울며 이 글을 쓴다. 이 밤도 달
이 뜨고, 바람이 불고, 인간인 까닭에 가을이란 흙냄새
도 안다. 정의 눈물 따뜻한 예술 학도였던 정의 눈물도
이 밤이 마지막이다."

또 마지막 편으로 이런 구절이 있다.

"당신은 나를 영원히 쫓아 버리는 것이 정직할 것이
오."

나는 이 글의 뉘앙스를 해득할 수 있다. 그러나 사실
나는 그에게 아픈 소리 한마디 한 일이 없고 설운 글
한 쪽 보낸 일이 없지 아니한가. 생각건대 이 죄는 다

만 가을에게 지워 보낼 수밖에 없다.

홍안서생(紅顏書生)으로 이런 단안을 내리는 것은 외람한 일이나 동무란 한낱 괴로운 존재요, 우정이란 진정코 위태로운 잔에 떠 놓은 물이다. 이 말을 반대할 자 누구랴. 그러나 지기 하나 얻기 힘든다 하거늘 알뜰한 동무 하나 잃어버린다는 것이 살을 베어 내는 아픔이다.

나는 나를 정원에서 발견하고 창을 넘어 나왔다든가 방문을 열고 나왔다든가 왜 나왔느냐 하는 어리석은 생각에 두뇌를 괴롭게 할 필요는 없는 것이다. 다만 귀뚜라미 울음에도 수줍어지는 코스모스 앞에 그윽이 서서 닥터 필링스의 동상 그림자처럼 슬퍼지면 그만이다. 나는 이 마음을 아무에게나 전가시킬 심보는 없다. 옷깃은 민감이어서 달빛에도 싸늘히 추워지고 가을 이슬이란 선득선득하여서 설운 사나이의 눈물인 것이다. 발걸음은 몸둥이를 옮겨 못가에 세워 줄 때 못 속에도 역시 가을이 있고, 삼경이 있고, 나무가 있고, 달이 있다. (달이 있고……)

그 찰나 가을이 원망스럽고 달이 미워진다. 더듬어 돌을 찾아 달을 향하여 죽어라고 팔매질을 하였다. 통쾌!

달은 산산이 부서지고 말았다. 그러나 놀랐던 물결이 잦아들 때 오래잖아 달은 도로 살아난 것이 아니냐, 문득 하늘을 쳐다보니 얄미운 달은 머리 위에서 빈정대는 것을—

나는 꼿꼿한 나뭇가지를 고나 띠를 째서 줄을 메워 훌륭한 활을 만들었다. 그리고 좀 탄탄한 갈대로 화살을 삼아 무사의 마음을 먹고 달을 쏘다.

별똥 떨어진 데

밤이다.

하늘은 푸르다 못해 농회색으로 캄캄하나 별들만은 또렷또렷 빛난다. 침침한 어둠뿐만 아니라 오삭오삭 춥다. 이 육중한 기류 가운데 자조하는 한 젊은이가 있다. 그를 나라고 불러 두자.

나는 이 어둠에서 배태되고 이 어둠에서 생장하여서 아직도 이 어둠 속에 그대로 생존하나 보다. 이제 내가 갈 곳이 어딘지 몰라 허우적거리는 것이다. 하기는 나는 세기의 초점인 듯 초췌하다. 얼핏 생각하기에는 내 바닥을 받듯이 받들어 주는 것도 없고 그렇다고 내 머리를 갑박이 내리누르는 아무것도 없는 듯하다마는 내막은 그렇지도 않다. 나는 도무지 자유스럽지 못하다. 다만 나는 없는 듯 있는 하루살이처럼 허공에 부유하는 한 점에 지나지 않는다. 이것이 하루살이처럼 경쾌하다면 마침 다행할 것인데 그렇지를 못하구나!

이 점의 대칭 위치에 또 하나 다른 밝음의 초점이 도

184

사리고 있는 듯 생각된다. 덥석 움키었으면 잡힐 듯도 하다.

만은 그것을 휘잡기에는 나 자신이 둔질(鈍質)이라는 것보다 오히려 내 마음에 아무런 준비도 배포치 못한 것이 아니냐. 그리고 보니 행복이란 별스런 손님을 불러들이기에도 또 다른 한 가닥 구실을 치르지 않으면 안 될까 보다.

이 밤이 나에게 있어 어릴 적처럼 한낱 공포의 장막인 것은 벌써 흘러간 전설이요, 따라서 이 밤이 향락의 도가니라는 이야기도 나의 염두에선 아직 소화시키지 못할 돌덩이다. 오로지 밤은 나의 도전의 호적이면 그만이다.

이것이 생생한 관념 세계에만 머무른다면 애석한 일이다. 어둠 속에 깜박깜박 조을며 다닥다닥 나란히 한 초가들이 아름다운 시의 화사가 될 수 있다는 것은 벌써 지나간 제너레이션의 이야기요, 오늘에 있어서는 다만 말 못하는 비극의 배경이다.

이제 닭이 홰를 치면서 맵짠 울음을 뽑아 밤을 쫓고 어둠을 짓내몰아 동켠으로 훤히 새벽이란 새로운 손님을 불러온다 하자. 하나 경망스럽게 그리 반가워할 것은 없다. 보아라, 가령 새벽이 왔다 하더라도 이 마을은 그대로 암담하고 나도 그대로 암담하고 하여서 너나 나나 이 가랑지길에서 주저주저 아니치 못할 존재들이 아니냐.

나무가 있다.

그는 나의 오랜 이웃이요, 벗이다. 그렇다고 그와 내가 성격이나 환경이나 생활이 공통한 데 있어서가 아니다. 말하자면 극단과 극단 사이에도 애정이 관통할 수 있다는 기적적인 교분의 표본에 지나지 못할 것이다.

나는 처음 그를 꽤 불행한 존재로 가소롭게 여겼다. 그의 앞에 설 때 슬퍼지고 측은한 마음이 앞을 가리곤 하였다. 만은 오늘 돌이켜 생각건대 나무처럼 행복한 생물은 다시 없을 듯하다. 굳음에는 이루 비길 데 없는 바위에도 그리 탐탁지는 못할망정 자양분이 있다 하거늘 어디로 간들 생의 뿌리를 박지 못하며 어디로 간들 생활의 불평이 있을소냐. 칙칙하면 솔솔 솔바람이 불어오고, 심심하면 새가 와서 노래를 부르다 가고, 촐촐하면 한 줄기 비가 오고, 밤이면 수많은 별들과 오순도순 이야기할 수 있고―보다 나무는 행동의 방향이란 거추장스런 과제에 봉착하지 않고 인위적으로든 우연으로서든 탄생시켜 준 자리를 지켜 무진무궁한 영양소를 흡취하고 영롱한 햇빛을 받아들여 손쉽게 생활을 영위하고 오로지 하늘만 바라고 뻗어질 수 있는 것이 무엇보다 행복스럽지 않으냐.

이 밤도 과제를 풀지 못하여 안타가운 나의 마음에 나무의 마음이 점점 옮아오는 듯하고, 행동할 수 있는 자랑을 자랑치 못함에 뼈저리는 듯하나 나의 젊은 선배의 웅변이 왈 선배도 믿지 못할 것이라니 그러면 영리한 나무에게 나의 방향을 물어야 할 것인가.

어디로 가야 하느냐. 동이 어디냐, 서가 어디냐, 남이 어디냐, 북이 어디냐. 아라! 저 별이 번쩍 흐른다. 별똥 떨어진 데가 내가 갈 곳인가 보다. 하면 별똥아! 꼭 떨어져야 할 곳에 떨어져야 한다.

화원에 꽃이 핀다

개나리, 진달래, 앉은뱅이, 라일락, 민들레, 찔레, 복사, 들장미, 해당화, 모란, 릴리, 창포, 튤립, 카네이션, 봉선화, 백일홍, 채송화, 달리아, 해바라기, 코스모스, —코스모스가 홀홀히 떨어지는 날 우주의 마지막은 아닙니다. 여기에 푸른 하늘이 높아지고 빨간, 노란, 단풍이 꽃에 못지않게 가지마다 물들었다가 귀또리 울음이 끊어짐과 함께 단풍의 세계가 무너지고, 그 위에 하룻밤 사이에 소복이 흰 눈이 내려 쌓이고 화로에는 빨간 숯불이 피어오르고 많은 이야기와 많은 일이 이 화롯가에서 이루어집니다.

독자 제현! 여러분은 이 글이 씌어지는 때를 독특한 계절로 짐작해서는 아니 됩니다. 아니, 봄, 여름, 가을, 겨울. 어느 철로나 상정하셔도 무방합니다. 사실 일 년 내내 봄일 수는 없습니다. 하나 이 화원에는 사철내 봄이 청춘들과 함께 싱싱하게 등대하여 있다고 하면 과분한 자기선전일까요. 하나의 꽃밭 이루더지도록 손쉽게 되는 것이 아니라 고생과 노력이 있어야 하는 것입니다. 딴은 얼마의 단어를 모아 이 졸문을 지저거리는 데도 내 머리는 그렇게 명석한 것은 못 됩니다. 한해 동안을 내 두뇌로써가 아니라 몸으로써 일일이 헤아려 거우 몇 줄의 글이 이루어집니다. 그리하여 나에게 있어 글을 쓴다는 것이 그리 즐거운 일일 수는 없습니다. 봄바람의 고민에 짜들고 녹음의 권태에 시들고, 가을 하늘 감상에 울고, 노변의 사색에 졸다가 이 몇 줄의 글과 나의 화원과 함께 나의 일 년은 이루어집니다.

시간을 먹는다는(이 말의 의의와 이 말의 묘미는 칠판 앞에서 보신 분과 칠판 밑에 앉아 보신 분은 누구나 아실 것입니다) 그것은 확실히 즐거운 일임에 틀림없습니다. 하루를 휴강한다는 것보다(하긴 슬그머니 까먹어 버리면 그만이지만) 다못 한 시간, 예습 숙제를 못해 왔다든가 따분하고 졸리고 한 때, 한 시간의 휴강은 진실로 살로 가는 것이어서, 만일 교수가 불편하여 못 나오셨다고 하더라도 미처 우리들의 예의를 갖출 사이가 없는 것입니다.

그러나 이것을 우리들의 망발과 시간의 낭비라고 속단하셔서 아니 됩니다. 여기에 화원이 있습니다. 한 포기 푸른 풀과 한 떨기의 붉은 꽃과 함께 웃음이 있습니다. 노ー트장을 적시는 것보다 한우충동(汗牛充棟)에 묻혀 글줄과 씨름하는 것보다 더 명확한 진리를 탐구할 수 있을는지, 보다 더 많은 지식을 획득할 수 있을는지, 보다 더 효과적인 성과가 있을지를 누가 부인하겠습니까.

나는 이 귀한 시간을 슬그머니 동무들을 떠나서 단 혼자 화원에 거닐 수 있습니다. 단 혼자 꽃들과 풀들과 이야기할 수 있다는 것이 얼마나 다행한 일이겠습니까. 참말 나는 온정으로 이들을 대할 수 있고 그들은 웃음으로 나를 맞아 줍니다. 그 웃음을 눈물로 대한다는 것은 나의 감상일까요. 고독, 정적도 확실히 아름다운 것임에 틀림이 없으나, 여기에 또 서로 마음을 주는 동무가 있는 것도 다행한 일이 아닐 수 없습니다. 우리 화원 속에 모인, 동무들 중에, 집에 학비를 청구하는 편지를 쓰는 날 저녁이면 생각하고 생각하던 끝 겨우 몇 줄 써 보낸다는 A군, 기뻐해야 할 서류(통칭 월급 봉투)를 받아든 손이 떨린다는 B군, 사랑을 위하여서는 밥맛을 잃고 잠을 잊어버린다는 C군, 사상적 당착에 자살을 기약한다는 D군…… 나는 이 여러 동무들의 갸륵한 심정을 내 것인 것처럼 이해할 수 있습니다.

서로 너그러운 마음으로 대할 수 있습니다.

나는 세계관, 인생관, 이런 좀 더 큰 문제보다 바람과 구름과 햇빛과 나무와 우정, 이런 것들에 더 많이 괴로워해 왔는지도 모르겠습니다. 단지 이 말이 나의 역설이나 나 자신을 흐리우는 데 지날 뿐일까요.

일반은 현대 학생 도덕이 부패했다고 말합니다. 스승을 섬길 줄을 모른다고들 합니다. 옳은 말씀들입니다. 부끄러울 따름입니다. 하나 이 결함을 괴로워하는 우리들 어깨에 지워 광야로 내쫓아 버려야 하나요. 우리들의 아픈 데를 알아 주는 스승, 우리들의 생채기를 어루만져 주는 따뜻한 세계가 있다면 박탈된 도덕일지언정 기울여 스승을 진심으로 존경하겠습니다. 온정의 거리에서 원수를 만나면 손목을 붙잡고 목놓아 울겠습니다.

세상은 해를 거듭, 포성에 떠들썩하건만 극히 조용한 가운데 우리들 동산에서 서로 융합할 수 있고 이해할 수 있고 종전의 ( )*가 있는 것은 시세의 역효과일까요. 봄이 가고, 여름이 가고, 가을, 코스모스가 홀홀히 떨어지는 날 우주의 마지막은 아닙니다. 단풍의 세계가 있고, —이상이견빙지(履霜堅氷至)—서리를 밟거든 얼음이 굳어질 것을 각오라하가 아니라, 우리는 서릿발에 끼친 낙엽을 밟으면서 멀리 봄이 올 것을 믿습니다. 노변에서 많은 일이 이루어질 것입니다.

* 원고에 ( ) 부분이 비어 있다.

종시

종점이 시점이 된다. 다시 시점이 종점이 된다.

아침저녁으로 이 자국을 밟게 되는데 이 자국을 밟게 된 연유가 있다. 일찍이 서산 대사가 살았을 듯한 우거진 송림 속, 게다가 덩그러시 살림집은 외따로 한 채뿐이었으나 식구로는 굉장한 것이어서 한 지붕 밑에서 팔도 사투리를 죄다 들을 만큼 모아 놓은 미끈한 장정들만이 욱실욱실하였다. 이곳에 법령은 없었으나 여인 금납구였다. 만일 강심장의 여인이 있어 불의의 침입이 있다면 우리들의 호기심을 적이 자아내었고, 방마다 새로운 화제가 생기곤 하였다. 이렇듯 수도 생활에 나는 소라 속처럼 안도하였던 것이다.

사건이란 언제나 큰 데서 동기가 되는 것보다 오히려 작은 데서 더 많이 발작하는 것이다.

눈 온 날이었다. 동숙하는 친구의 친구가 한 시간 남짓한 문안 들어가는 차 시간까지를 낭비하기 위하여 나의 친구를 찾아 들어와서 하는 대화였다.

"자네 여보게 이 집 귀신이 되려나?"

"조용한 게 공부하기 작히나 좋잖은가."

"그래 책장이나 뒤적뒤적하면 공분 줄 아나 전차간에 서 내다볼 수 있는 광경, 정거장에서 맛볼 수 있는 광 경, 다시 기차 속에서 대할 수 있는 모든 일들이 생활 아닌 것이 없거든, 생활 때문에 싸우는 이 분위기에 잠 겨서, 보고, 생각하고, 분석하고, 이거야말로 진정한 의 미의 교육이 아니겠는가 여보게! 자네 책장만 뒤지고 인생이 어떠하니 사회가 어떠하니 하는 것은 16세기에 서나 찾아볼 일일세. 단연 문안으로 나오도록 마음을 돌리게."

나한테 하는 권고는 아니었으나 이 말에 귀 틈 뚫려 상 푸둥 그러리라고 생각하였다. 비단 여기만이 아니라 인간을 떠나서 도를 닦는다는 것이 한낱 오락이요, 오 락이매 생활이 될 수 없고 생활이 없으매 이 또한 죽은 공부가 아니랴. 하여 공부도 생활화하여야 되리라 생 각하고 불일내에 문안으로 들어가기를 내심으로 단정 해 버렸다. 그 뒤 매일같이 이 자국을 밟게 된것이다.

나만 일찍이 아침 거리의 새로운 감촉을 맛볼 줄만 알 았더니 벌써 많은 사람들의 발자국에 포도(鋪道)는 어수선할 대로 어수선했고 정류장에 머물 때마다 이 많은 무리를 죄다 어디 갖다 터뜨릴 심산인지 꾸역꾸역 자꾸 박아 싣는데 늙은이 젊은이 아이 할 것 없이 손에 꾸러미를 안 든 사람은 없다. 이것이 그들 생활의 꾸러미요, 동시에 권태의 꾸러민지도 모르겠다.

이 꾸러미를 든 사람들의 얼굴을 하나하나씩 뜯어보기로 한다. 늙은이 얼굴이란 너무 오래 세파에 짜들어서 문제도 안 되겠거니와 그 젊은이들 낯짝이란 도무지 말씀이 아니다. 열이면 열이 다 우수 그것이요, 백이면 백이 다 비참 그것이다. 이들에게 웃음이란 가물에 콩싹이다. 필경 귀여우리라는 아이들의 얼굴을 보는 수밖에 없는데 아이들의 얼굴이란 너무나 창백하다. 혹시 숙제를 못해서 선생한테 꾸지람 들을 것이 걱정인지 풀이 죽어 쭈그러뜨린 것이 활기란 도무지 찾아볼 수 없다. 내 상도 필연코 그 꼴일 텐데 내 눈으로 그 꼴을 보지 못하는 것이 다행이다. 만일 다른 사람의 얼굴을 보듯 그렇게 자주 내 얼굴을 대한다고 할 것 같으면 벌써 요사하였을는지도 모른다.

나는 내 눈을 의심하기로 하고 단념하자!

차라리 성벽 위에 펼친 하늘을 쳐다보는 편이 더 통쾌

하다. 눈은 하늘과 성벽 경계선을 따라 자꾸 달리는 것인데 이 성벽이란 현대로써 캄플라지(위장)한 옛 금성이다. 이 안에서 어떤 일이 이루어졌으며 어떤 일이 행하여지고 있는지 성밖에서 살아왔고 살고 있는 우리들에게는 알 바가 없다. 이제 다만 한 가닥 희망은 이 성벽이 끊어지는 곳이다.

기대는 언제나 크게 가질 것이 못 되어서 성벽이 끊어지는 곳에 총독부, 도청, 무슨 참고관, 체산국, 신문사, 소방조, 무슨 주식회사, 부청, 양복점, 고물상 등 나란히 하고 연달아 오다가 아이스케이크 간판에 눈이 잠깐 머무는데, 이놈을 눈 내린 겨울에 빈집을 지키는 꼴이라든가 제 신분에 맞잖은 가게를 지키는 꼴을 살짝 필름에 올리어 본달 것 같으면 한 폭의 고등 풍자만화가 될 터인데 하고 나는 눈을 감고 생각하기로 한다. 사실 요즈음 아이스케이크 간판 신세를 면치 아니치 못할 자 얼마나 되랴. 아이스케이크 간판은 정열에 불타는 염서가 진정코 아쉽다.

눈을 감고 한참 생각하느라면 한 가지 꺼리끼는 것이 있는데 이것은 도덕률이란 거추장스러운 의무감이다. 젊은 녀석이 눈을 딱 감고 버티고 앉아 있다고 손가락

질하는 것 같아 번적 눈을 떠 본다. 하나 가차이 자선할 대상이 없음에 자리를 잃지 않겠다는 심정보다 오히려 아니꼽게 본 사람이 없었으리란 데 안심이 된다. 이것은 과단성 있는 동무의 주장이지만 전차에서 만난 사람은 원수요, 기차에서 만난 사람은 지기라는 것이다. 딴은 그러리라고 얼마큼 수긍하였댔다. 한자리에서 몸을 비비적거리면서도 "오늘은 좋은 날씨올시다", "어디서 내리시나요" 쯤의 인사는 주고받을 법한데 일언반구 없이 뚱—한 꼴들이 작히나 큰 원수를 맺고 지나는 사이들 같다. 만일 상냥한 사람이 있어 요만쯤의 예의를 밟는다고 할 것 같으면 전차 속의 사람들은 이를 정신이상자로 대접할 게다. 그러나 기차에서는 그렇지 않다. 명함을 서로 바꾸고 고향 이야기, 행방 이야기를 거리낌 없이 주고받고 심지어 남의 여로를 자기의 여로인 것처럼 걱정하고, 이 얼마나 다정한 인생행로냐.

이러는 사이에 남대문을 지나쳤다. 누가 있어 "자네 매일같이 남대문을 두 번씩 지날 터인데 그래 늘 보군 하는가"라는 어리석은 듯한 멘탈 테스트를 낸다면은 나는 아연해지지 않을 수 없다. 가만히 기억을 더듬어 본

달 것 같으면 늘이 아니라 이 자국을 밟은 이래 그 모습을 한 번이라도 쳐다본 적이 있었던 것 같지 않다. 하기는 그것이 나의 생활에 긴한 일이 아니매 당연한 일일 게다. 하나 여기에 하나의 교훈이 있다. 횟수가 너무 잦으면 모든 것이 피상적이 되어 버리나니라.

이것과는 관련이 먼 이야기 같으나 무료한 시간을 까기 위하여 한마디 하면서 지나가자.

시골서는 내로라고 하는 양반이었던 모양인데 처음 서울 구경을 하고 돌아가서 며칠 동안 배운 서울 말씨를 섣불리 써 가며 서울 거리를 손으로 형용하고 말로써 떠벌려 옮겨 놓더란데, 정거장에 턱 내리니 앞에 고색이 창연한 남대문이 반기는 듯 가로막혀 있고, 총독부 집이 크고, 창경원에 백 가지 금수가 봄 직했고, 덕수궁의 옛 궁전이 회포를 자아냈고, 화신 승강기는 머리가 힝―했고, 본정엔 전등이 낮처럼 밝은데 사람이 물밀듯 밀리고 전차란 놈이 윙윙 소리를 지르며 지르며 연달아 달리고―서울이 자기 하나를 위하여 이루어진 것처럼 우쭐했는데 이것쯤은 있을 듯한 일이다. 한데 게도 방정꾸러기가 있어

"남대문이란 현판(懸板)이 참 명필이지요."

하고 물으니 대답이 걸작이다.

"암 명필이구말구. 남(南) 자 대(大) 자 문(問) 자 하나하나 살아서 막 꿈틀거리는 것 같데."

어느 모로나 서울 자랑하려는 이 양반으로서는 가당한 대답일 게다. 이분에게 아현 고개 막바지기에,—아니 치벽한 데 말고—가까이 종로 뒷골목에 무엇이 있던가를 물었다면 얼마나 당황해 했으랴.

나는 종점을 시점으로 바꾼다.

내가 내린 곳이 나의 종점이요, 내가 타는 곳이 나의 시점이 되는 까닭이다. 이 짧은 순간 많은 사람 사이에 나를 묻는 것인데 나는 이네들에게 너무나 피상적이 된다. 나의 휴머니티를 이네들에게 발휘해 낸다는 재주가 없다. 이네들의 기쁨과 슬픔과 아픈 데를 나로서는 측량한다는 수가 없는 까닭이다. 너무 막연하다. 사람이란 횟수가 잦은 데와 양이 많은 데는 너무나 쉽게 피상적이 되나 보다. 그럴수록 자기 하나 간수하기에 분망하나 보다.

시그널을 밟고 기차는 왱— 떠난다. 고향으로 향한 차도 아니건만 공연히 가슴은 설렌다. 우리 기차는 느릿느릿 가다 숨차면 가정거장에서도 선다. 매일같이 웬 여자들인지 주룽주룽 서 있다. 저마다 꾸러미를 안았는데 예의 그 꾸러민 듯싶다. 다들 방년된 아가씨들인데 몸매로 보아하니 공장으로 가는 직공들은 아닌 모양이다. 얌전히들 서서 기차를 기다리는 모양이다. 판단을 기다리는 모양이다. 하나 경망스럽게 유리창을 통하여 미인 판단을 내려서는 안 된다. 피상(皮相) 법칙이 여기에도 적용될지 모른다. 투명한 듯하나 믿지 못할 것이 유리다. 얼굴을 찌개논 듯이 한다든가, 이마를 좁다랗게 한다든가, 코를 말코를 만든다든가, 턱을 조개턱으로 만든다든가 하는 악희를 유리창이 때때로 감행하는 까닭이다. 판단을 내리는 자에게는 별반 이해관계가 없다손 치더라도 판단을 받는 당자에게 오려던 행운이 도망갈는지를 누가 보장할소냐. 여하간 아무리 투명한 꺼풀일지라도 깨끗이 벗겨 버리는 것이 마땅할 것이다.

이윽고 터널이 입을 벌리고 기다리는데 거리 한가운데 지하철도도 아닌 터널이 있다는 것이 얼마나 슬픈 일이냐. 이 터널이란 인류 역사의 암흑시대요, 인생행로의 고민상이다. 공연히 바퀴 소리만 요란하다. 구역날 악질의 연기가 스며든다. 하나 미구에 우리에게 광명의 천지가 있다.

터널을 벗어났을 때 요즈음 복선 공사에 분주한 노동자들을 볼 수 있다. 아침 첫차에 나갔을 때에도 일하고, 저녁 늦차에 들어올 때에도 그네들은 그대로 일하는데 언제 시작하여 언제 그치는지 나로서는 헤아릴 수 없다. 이네들이야말로 건설의 사도들이다. 땀과 피를 아끼지 않는다.

그 육중한 트럭을 밀면서도 마음만은 요원한 데 있어 트럭 판장에다 서투른 글씨로 신경행이니 북경행이니 남경행이니라고 써서 타고 다니는 것이 아니라 밀고 다닌다. 그네들의 마음을 엿볼 수 있다. 그것이 고력에 위인이 안 된다고 누가 주장하랴.

이제 나는 곧 종시를 바꿔야 한다. 하나 내 차에도 신경행, 북경행, 남경행을 달고 싶다. 세계 일주행이라고 달고 싶다. 아니 그보다 진정한 내 고향이 있다면 고향행을 달겠다. 다음 도착하여야 할 시대의 정거장이 있다면 더 좋다.

윤동주 생애와 연보

동족의 비애를 가슴에 안았던
식민지 청년의 순결한 희망
윤동주

장규식 중앙대학교 역사학과 교수

윤동주는 독립 투쟁의 일선에서 장렬하게 산화한 투사
도 아니었고, 당대에 이름이 널리 알려진 시인도 아니
었다. 그러나 인간을 떠나서 도를 닦는다는 것은 한낱
오락에 불과하고, 공부나 시도 생활이 되어야 한다며,
자신의 시와 삶을 일치시키려 "잎새에 이는 바람에도"
괴로워했던 그의 시 정신은 어느 투사 못지 않게 치열
한 바가 있었다. "별을 노래하는 마음으로 / 모든 죽어
가는 것들을 사랑해야지 / 그리고 나한테 주어진 길을
/ 걸어가야겠다"는 「서시」의 구절처럼, 그는 모진 풍파
속에서도 독립한 나라를 희망하는 마음으로 죽음의 나
락에 빠진 민족을 사랑했고, 자신한테 주어진 길을 걸
어가며 한 몸을 민족의 제단에 제물로 바쳤다.

기독교 신앙과 민족 정신의 마을
만주 명동촌에서 자라나

윤동주(尹東柱, 1917.12.30~1945.2.16)는 식민지의 암울한 현실 속에서 민족에 대한 사랑과 독립의 절절한 소망을 '하늘과 바람과 별과 시'에 견주어 노래한 민족 시인이다. 시인 윤동주는 1917년 12월 30일 중국 길림성(吉林省) 화룡현(和龍縣) 명동촌(明東村)에서 아버지 윤영석(尹永錫, 1895-1962)과 어머니 김용(金龍, 1891-1947) 사이의 장남으로 태어났다. 그가 태어난 명동촌은 1899년 2월 함경북도 종성 출신의 문병규(文秉奎), 김약연(金躍淵), 남종구(南宗九)와 회령 출신의 김하규(金河奎) 네 가문의 식솔 140여 명이 집단 이주해 세운 한인 마을로, 북간도 한인 이주사에 이정표를 마련한 곳이었다.

윤동주 집안의 북간도 이주는 증조부 되는 윤재옥(尹在玉) 때로 거슬러 올라간다. 윤재옥이 43세 때인 1886년 부인과 4남 1녀의 어린 자녀들을 이끌고 본래 살던 함북 종성군 동풍면 상장포를 떠나 두만강 건너편 자동(紫洞, 현재의 자동(子洞))에 처음 자리 잡으면서, 윤동주 집안의 북간도 생활은 시작되었다. 북간도 이민 초창기에 자동으로 이주한 윤재옥은 부지런히 농토를 일구어 주변에서 부자 소리를 들을 정도로 자수성가하였다. 그리고 1900년 조부인 윤하현(尹夏鉉, 1875-1947) 때 명동촌으로 이사하여 명동 한인 마을의 한 식구가 되었다.

윤동주가 태어나 어린 시절을 보낸 북간도 명동촌은 일찍부터 신학문과 기독교를 받아들인 선구자의 마을이었다. 북간도 최초의 신교육기관은 1906년 10월경 이상설(李相卨) 등이 용정(龍井)에 설립한 서전서숙(瑞甸書塾)이었는데, 이듬해 4월 이상설이 헤이그 특사로 떠난 지 몇 개월 안돼 문을 닫고, 그 뒤를 이은 것이 명동촌의 명동서숙(明東書塾)이었다. 명동서숙은 앞서 김하규, 김약연, 남위언이 한학을 가르치기 위해 세운 세 군데 서재를 하나로 합치고, 서전서숙 교사 출신의 박무림(朴茂林)을 초대 숙장으로 모셔 와 1908년 4월 문을 열었다. 명동서숙으로 출발한 명동학교는 1909년 신민회 회원 정재면(鄭載冕)이 교사로 부임해 교장 김약연, 교감 정재면의 체제를 갖추면서 신학문과 민족의식을 가르치는 신교육기관으로 굳건히 자리를 잡왔다. 명동학교에서 정재면은 학생들에게 신학문뿐만 아니라 성경을 가르치고 함께 예배를 드렸다. 그리하여 부임 첫 해에 명동교회가 설립되고, 이후 마을 사람 거의 모두가 기독교로 개종하는 커다란 변화가 있게 되었다. 1910년 명동학교에 중학교 과정이 만들어지고, 이듬해 여학교가 설립되면서 명동촌은 북간도 민족 교육의 거점으로 떠올랐다.

윤동주의 아버지 윤영석이 15세 나이로 명동학교에 들어가 신학문을 배우기 시작한 것은 정재면이 교사로 부임해 마을에 새로운 변화를 몰고 온 1909년이었다. 이듬해 명동학교 교장 김약연의 이복 누이동생인 김용과 결혼한 윤영석은 1913년 3월 문재린 등과 함께 중국 북경으로 유학을 떠났다 돌아와 모교인 명동학교에서 교편을 잡았다. 윤동주가 태어날 당시 그의 집안은 명동촌에서도 벼농사를 하는 몇 집 가운데 하나로 넉넉한 가세를 자랑하였다. 그가 태어난 집은 학교촌 입구 자그마한 과수원에 둘러싸인 큰 기와집으로 가랑나무가 우거진 야산 기슭 교회당 앞쪽에 자리하고 있었다.

윤동주는 사방이 산으로 둘러싸인 아늑한 큰 마을 명
동촌에서 28년 생애의 절반인 14년을 보내며 아름다
운 자연을 벗 삼아 시인으로서의 감수성을 키워나갔
다. 이와 관련해 한 가지 눈 여겨볼 것은 그의 어린 시
절 아명이다. 윤동주의 아명은 '해처럼 빛나라'는 뜻으
로 아버지가 지어준 해환(海煥)이었다. 아버지 윤영석
은 자식들 이름에 '해', '달', '별'을 차례로 붙여 윤동주
의 아우인 일주에게는 달환(達煥), 그 밑에 갓난애 때
죽은 동생에게는 별환이라는 아명을 지어주었다. 윤
동주라는 이름 석 자를 세상에 널리 알린 시집『하늘
과 바람과 별과 시』는 이렇게 그의 아명 속에서 이미
잉태되고 있었던 것이다. 더불어 윤동주의 성장 과정
에서 빼놓을 수 없는 것이 기독교의 영향이다. 명동교
회의 장로로 도량이 넓었던 할아버지 윤하현과 집안
의 기독교적 분위기 속에서 윤동주는 유아세례를 받
고 어릴 적부터 하나님사랑과 이웃 사랑의 기독교 정
신을 배우며 자랐다. 또 1912년 결성된 북간도 최초의

한인자치단체 간민회의 회장을 역임하며 한인 사회의 정신적 지주 역할을 한 외삼촌 김약연의 영향 아래 일찍부터 민족의식에 눈뜰 수 있었다.

이처럼 아름다운 자연과 기독교 신앙, 그리고 민족주의가 삼위일체로 어우러진 기름진 토양 속에서 풍요롭게 자라난 시인 윤동주는 1925년 만 8세의 나이로 명동소학교에 입학하였다. 3.1운동 이후 북간도 대한국민회가 조직되고, 국경선 일대의 봉오동, 청산리 등지에서 치열한 독립 전쟁이 벌어지는 과정에서 명동학교 출신들이 보여준 활약상에 잘 나타나 있듯이, 그가 다닌 명동학교는 수많은 민족지사를 배출한 북간도 민족 교육의 거점이었다. 그래서 1920년 10월 '간도 대토벌'에 나선 일본군에 의해 1918년 신축된 양옥 벽돌 교사가 훌타는 수난을 겪기도 하였다. 불탄 교사는 1922년 원상 복구가 되었지만, 윤동주가 입학할 무렵 명동학교의 형편은 썩 좋지 않았다. 1920년 캐나다 장로회 선교부가 북간도 교통의 요지인 용정에 은진중학교, 명신여학교를 세워 교육의 중심이 용정으로 이동한 데다, 갑자년 가뭄으로 인한 경영난까지 겹쳐 윤동주가 입학하던 1925년 명동중학교가 문을 닫은 때문이다. 명동소학교도 1929년 교회학교에서 공립으로 넘어갔다.

명동소학교 시절의 윤동주는 유순하고 눈물 많은 소년이었다. 동기 동창으로 윤동주 집에서 석 달 먼저 태어난 동갑내기 고종사촌 송몽규(宋夢奎)와 김약연의 조카로 윤동주와 외사촌 간이었던 김정우, 그리고 문재린 목사의 아들인 문익환 등이 있었는데, 모두 문학 방면에 남다른 재능을 보였다. 서울에서 발행되던《아이생활》《어린이》등의 잡지를 구독하며 문학소년의 꿈을 키우던 윤동주와 동기들은 5학년 때인 1929년 손수 원고를 모아 편집해서《새 명동》이라는 잡지를 등사판으로 발간하기도 하였다. 1931년 3월 명동소학교를 졸업한 윤동주는 송몽규 등과 함께 대랍자(大拉子)에 있는 중국인 소학교 6학년에 편입해 1년을 더 다녔다. 대랍자는 명동에서 동쪽으로 10리쯤 떨어진 화룡현 현청 소재지였는데, 윤동주와 송몽규는 명동에서 대랍자까지 십 리 길을 날마다 걸어서 통학했다고 한다.

윤동주가 대랍자소학교에 다니던 1931년 늦가을 윤
동주의 집은 명동에서 북쪽으로 30리쯤 떨어진 해란
강 하류의 소도시 용정으로 이사했다. 만주사변이 일
어나고 무장단의 출몰이 잦아지자 농토와 집을 소작
인에게 맡기고 신변 안전이 보장되는 도회지로 이주
한 것이다. 용정은 한인들이 모여 사는 거점 도시로 일
본 간도 총영사관이 위치해 있었다. 중국 관청이 밀집
한 연길(延吉)과 더불어 북간도의 양대 거점을 이루었
던 용정에서 윤동주의 아버지 윤영석은 인쇄소를 차리
고 도회지에서의 새로운 삶을 시작하였다. 그러나 이
내 실패하고 그 뒤 포목점을 비롯한 다른 사업에도 손
을 대 보았지만 부진을 면치 못했다고 한다. 집도 과수
원이 딸린 큰 기와집에서 용정가 제2구 1동 36호의 20
평 정도 되는 초가집으로 바뀌어 옹색한 생활을 해야
했다.

용정에서 윤동주는 1932년 4월 명동소학교 동창인 송
몽규, 문익환과 함께 은진중학교에 진학하였다. 16세

때의 일인데, 이름을 아명인 해환 대신 '윤동주'로 쓰기 시작한 것도 이때부터였다. 은진중학교는 '영국덕'이라 불린 용정 동남쪽 구릉에 위치한 미션스쿨로 명신여학교, 제창병원과 함께 캐나다 장로회 선교부에서 운영하던 학교였다. 윤동주가 은진중학교에 입학한 1932년은 앞서 만주사변을 일으킨 일본이 청조(淸朝)의 마지막 황제 푸이[溥儀]를 명목상의 통치자로 내세워 괴뢰국 만주국을 세운 해였다. 그리하여 북간도는 만주국의 영토가 되었고, 그 실권은 일본 관동군 사령관이 장악하였다. 그러나 '영국덕'의 학교와 병원들은 일종의 치외법권적 혜택을 받아 일본의 간섭으로부터 어느 정도 자유로울 수 있었다.

동생 윤일주의 회고에 따르면 은진중학교에서 윤동주는 축구 선수로 뛰기도 하고, 교내 잡지를 내느라 밤늦게까지 등사 글씨를 쓰기도 하고, 또 옷맵시를 내느라 혼자 재봉틀을 돌리기도 하면서 활기찬 학창 생활을 보냈다. 교내 웅변대회에 나가 1등 상을 받기도 하고, 문학적 취향에 걸맞지 않게 기하학에 흥미를 보이기도 했다고 한다. 자신이 지은 시에 날짜를 적어 보관하며 작품 활동에 새로운 전기를 마련한 것도 이 무렵부터였다. '1934년 12월 24일'이라는 날짜가 적혀 있는 「초 한 대」를 비롯한 세 편의 시가 그것인데, 여기서 빼놓을 수 없는 것이 역사와 한문을 가르치던 명희조 선생에게서 받은 감화였다. 명 선생은 학생들에게 불굴의 독립 의지와 치열한 역사의식을 일깨워주는 한편으로, 중국 군관학교 등에 입교를 주선하기도 했다. 「초 한 대」에 나오는 "암흑이 창구멍으로 도망간 / 나의 방에 풍긴 / 제물의 위대한 향내를 맛보노라"는 그 같은 가르침에 대한 나름의 응답이었다. 민족의 제단에 바쳐진 '깨끗한 제물'의 위대한 향내를 맛보던 윤동주 자신 또한 뒤에 그 제물로 바쳐졌으니, 시인의 범상치 않은 예지를 읽을 수 있다.

정지용 시에 심취해 쉬운 말로 진솔한 감정을 표현하는 새로운 시 세계 열어

1935년 봄 고종사촌 송몽규가 낙양군관학교 한인반 2기생으로 입교하기 위해 중국으로 떠나고, 문익환이 상급학교 진학에 대비해 5년제인 평양 숭실중학교로 편입해 가자, 은진중학교 4학년에 진급한 윤동주는 집안 어른들을 설득해 그해 여름 숭실중학교 가을 학기 편입 시험을 보았다. 그러나 뜻밖에도 한 학년 아래인 3학년으로의 편입 자격밖에 얻지 못하는 좌절을 맛보아야 했다. 1935년 9월 숭실중학교 3학년에 편입한 윤동주는 객지 생활 7개월 동안 시 10편, 동시 5편 해서 무려 15편의 시를 쏟아냈다. 숭실중 학생청년회에서 발행하던《숭실활천》(1935. 10)에 실린「공상」은 그의 시 가운데 최초로 활자화된 작품이었다. 이 무렵 윤동주는 정지용(鄭芝溶)의 시에 심취해 쉬운 말로 진솔한 감정을 표현하는 새로운 시 세계를 열어나갔다. 1935년 12월에 쓴「조개껍질」을 시작으로 1938년 연희전문 1학년 때까지 계속된 그의 동시 쓰기는 그러한 변화를 보여주는 하나의 사례였다.

그런데 윤동주의 숭실중학교 생활은 오래가지 못했다. 1936년 1월 일제 총독부 당국이 신사참배 명령을 거부했다는 이유로 윤산온(尹山溫, George S. McCune) 선교사를 교장 직에서 파면하자 일어난 학생들의 항의 시위로 학교가 무기 휴교에 들어간 때문이었다. 1936년 3월 문익환과 함께 용정으로 돌아온 윤동주는 용정에서 광명학원(光明學院) 중학부 4학년에 편입하였다.

"솥에서 뛰어내려 숯불에 내려앉은 격"이라는 문익환의 회고처럼 그들이 편입한 광명학원은 대륙낭인 출신의 일본인이 경영하던 친일계 학교였다. 그럼에도 그러한 선택을 한 것은 상급학교 진학시의 편의를 고려한 때문으로 보인다. 광명중학에 재학하던 2년 동안 윤동주는 동시에 더욱 몰두하여 연길에서 발행되던 월간잡지《가톨릭소년》에 모두 5편의 동시를 발표하였다.

연희전문에 입학하여 민족 현실에 눈 떠…
발아적인 일제의 광기를 고뇌로 승화, 시 속에 녹여

1938년 2월 광명중학을 졸업한 윤동주는 의과 진학을 고집하는 아버지의 만류를 뿌리치고 고종사촌 송몽규와 함께 연희전문 문과에 입학하였다. 송몽규는 앞서 군관학교에 입교하기 위해 중국으로 갔다 1936년 4월 제남에서 체포 압송되어 본적지인 함북 웅기경찰서에서 조사를 받고 석방된 전력이 있었다. 1937년 4월 대성중학교 4학년에 편입한 그는 이듬해 학교를 마치고 연희전문 문과 별과시험에 합격하여 윤동주와 다시

동문수학하는 사이가 되었다.

연희전문에서 윤동주는 최현배 교수의 조선어 강의와, 손진태 교수의 역사 강의를 들으며 민족문화의 소중함을 재확인했고, 이양하 교수의 문학 강의를 들으며 자신의 문학관을 정립해 나갔다. 연희전문에서의 4년간은 윤동주 나름의 시 세계가 영글어간 시기였다. 그것은 참담한 민족의 현실에 눈뜨는 과정이었고, 거기에 맞서 자신의 시 세계를 만들어가는 처절한 몸부림의 과정이었다. 연희전문 1, 2학년 방학 때 고향에 들러 누이 혜원과 동생 일주에게 들려주었다는 태극기의 모양과 무궁화와 애국가, 기미독립만세와 광주학생운동 등에 대한 이야기는 이 무렵 그가 가진 역사의식의 단면을 보여 준다. 윤동주가 연희전문에 입학한 1938년은 일제가 국가총동원법을 조선에도 적용해 한민족 전체를 전시총동원체제의 수렁으로 몰아넣던 때였다. 때문에 그의 고뇌와 번민은 깊어갈 수밖에 없었다. 그래서 연희전문의 기숙사를 나와 하숙 생활을 시작한 2학년 때부터 동시 쓰기를 아예 그만두었다. 1939년 한 해 동안 그가 쓴 시는 6편에 불과했는데, 그나마도 9월에 가서야 쓴 것이 대부분이었다. 이

때 쓴「자화상」에는 전쟁에 광분한 일본 군국주의가 단말마적 발악을 하는 속에서 식민지의 지식인이 겪어야 했던 고뇌와 갈등이 짙게 배어 있고,「트르게네프의 언덕」에는 기만적인 싸구려 이웃 사랑에 대한 날카로운 풍자가 담겨있어 당시 그의 내면 풍경을 엿볼 수 있게 한다.

이후 윤동주는 1940년 12월까지 1년 이상 절필을 한다. 1940년 12월경에 쓴「팔복」의 "슬퍼하는 자는 복이 있나니 / 저희가 영원히 슬플 것이오"라는 시 구절처럼, 이 기간에 그는 민족의 처절한 수난에도 아무런 응답 없이 침묵을 지키는 신에게 대들었다. 1939년 가을 용정 정안구(精安區) 제창로(濟昌路) 1-20호, 캐나다 선교부 경내 경치 좋은 언덕에 세워진 큰 집으로 집안이 이사하고 나서 방학 때 집을 찾은 윤동주에게 예전에 보았던 신앙의 열성을 찾을 수 없었다는 동생 윤일주의 회고처럼 이 무렵 그는 자신의 기독교 신앙에 대해서도 회의를 품었다.

이런 오랜 고뇌와 번민의 터널을 지나 윤동주는 연희전문 졸업반이 되는 1941년 그 모든 내적인 방황과 자신을 짓눌렀던 역사의 무게를 시로 승화시키기 시작

하였다. "나 아직 여기 호흡이 남아 있소"(「무서운 시
간」, 1941. 2)라고 자신이 살아 있음을 다시금 확인하
며, 나라 잃어「간판 없는 거리」의 "모퉁이마다 / 자애
로운 헌 와사등에 / 불을 켜 놓고" 어진 사람 사람들의
손목을 잡고 보듬는 따뜻한 민족 사랑을 시로 녹여 나
갔다. 졸업을 앞둔 그해 11월 윤동주는 그 때까지 써놓
은 시중에서 18편을 뽑고 여기에「서시」를 붙여『하늘
과 바람과 별과 시』라는 제목의 시집을 엮었다. 그는
자신의 시집 원고를 3부 필사해 1부는 자신이 갖고, 1
부는 이양하 교수에게, 또 1부는 함께 하숙하던 후배
정병욱에게 주었다. 1부를 이양하 교수에게 바친 것은
출판을 주선해달라는 것이었는데, 그에 대한 이 교수
의 답변은 출판을 보류하라는 것이었다. 일제 관헌의
검열을 통과할 수 없을뿐더러 신변에 위험도 따를 수
있다는 판단에서였던 듯하다. 그리하여 그의 첫 시집
출판은 해방 이후로 미루어지게 되었다.

일본 유학 후 민족운동했다는 이유로 투옥…
일제의 정체 모를 주사 맞으며 피골상접하여 타계

1941년 12월 태평양전쟁 발발로 앞당겨진 학사 일정에 따라 연희전문 문과를 졸업한 윤동주는 1942년 3월 일본으로 건너가 도쿄 릿쿄대학(立敎大學) 문학부 영문과에 선과로 입학하였다. 함께 일본 유학 길에 오른 고종사촌 단짝 송몽규는 교토제국대학(京都帝國大學) 사학과에 선과로 입학하였다. 때문에 두 사람은 서로 떨어진 채 유학 생활을 시작해야 했다. 윤동주가 진학한 릿쿄대학은 성공회에서 경영하는 기독교계 학교였다. 「쉽게 쓰여진 시」(1942. 6)의 "육첩방은 남의 나라 / 창밖에 밤비가 속살거리는데"라는 구절에 나와 있듯이, 유학 초기 윤동주는 이국땅에서 적잖이 향수병에 시달렸다. 그래서인지 릿쿄대학에 진학한 지 한 학기만인 그해 10월 윤동주는 단짝 친구 송몽규가 있는 교토의 도지샤대학(同志社大學) 영문과로 전입학을 한다. 도지샤대학은 윤동주가 가장 좋아한 시인 정지용이 다닌 학교로, 일본 조합교회에서 경영하는 기독교계 학교였다. 전시체제하의 살벌한 분위기 속에서도 윤동주는 도지샤의 자유로운 학풍을 호흡하고, 송몽규를 비롯한 벗들과 어울리며 한결 안정된 유학 생활을 보낼 수 있었다.

그러던 1943년 7월 윤동주는 방학을 맞아 고향으로 돌아갈 준비를 하던 중에 송몽규 등과 함께 일본 특고경찰에 체포되었다. 중국 군관학교 입교 전력 때문에 '요시찰인'으로 일본 경찰의 감시를 받던 송몽규와 더불어 조선인 유학생을 모아 놓고 조선의 독립과 민족문화의 수호를 선동했다는 죄목이었다. 특고경찰은 여기에 '재교토 조선인 학생 민족주의 그룹사건'이라는 이름을 붙였다. 윤동주와 송몽규는 1944년 3월과 4월 교토지방재판소에서 치안유지법 위반으로 각각 징역 2년의 형을 선고받고, 후쿠오카 형무소로 이감되었다. 그리고 1년 뒤인 1945년 2월 16일 원인 불명의 사인으로 후쿠오카 형무소에서 29세의 짧지만 굵은 생을 마감하였다. 윤동주의 시신을 수습하기 위해 아버지 윤영석과 당숙 윤영춘이 후쿠오카 형무소에 도착해 송몽규를 면회했을 때, 송몽규는 피골이 상접한 모습으로 감옥에서 정체불명의 주사를 놓아 이 모양이 되었다는 증언을 했다. 윤동주의 죽음이 '생체실험' 때문이 아닌가 하는 의혹을 갖게 하는 대목이었다. 그 같은 증언을 한 송몽규 또한 20일 남짓 지난 3월 7일 윤동주의 뒤를 따라 옥중 순국하였다.

윤동주의 유해는 3월 6일 문재린 목사의 집례로 북간도 용정 동산의 중앙장로교회 묘지에 안장되었다. 그해 6월 그의 무덤 앞에는 집안 사람들의 정성으로 '시인 윤동주지묘'라는 비석이 세워졌다. 윤동주의 유시는 해방 후 연희전문 시절 절친한 벗이었던 강처중이 자신이 보관하고 있던 유고와 후배 정병욱이 가지고 있던 필사본 시집 등 31편의 시를 모아 1948년 1월 정지용의 서문과 강처중의 발문을 붙인 시집『하늘과 바람과 별과 시』를 정음사에서 출간하면서 세상에 널리 알려졌다. 1968년 11월에 유작「서시」가 새겨진 윤동주 시비가 모교인 연세대 교정에 건립되었다.

윤동주 연보

1917년

12월 30일, 중국 길림성 화룡현 명동촌에서 아버지 윤영석과 어머니 김용 사이의 장남으로 태어남. 아버지 윤영석이 '해처럼 빛나라'는 뜻으로 '해환'이라는 아명을 지어 줌. 명동교회 장로였던 할아버지 윤하현과 집안의 기독교적 분위기 속에서 유아세례를 받았으며, 어릴 적부터 기독교 정신을 배우며 자람.

1925년

명동소학교에 입학함. 동기 동창으로 고종사촌 송몽규, 외사촌 간이었던 김정우, 문재린 목사의 아들 문익환 등이 있었는데 모두 문학 방면에 남다른 재능을 보임.《아이생활》,《어린이》등 서울에서 발행되던 잡지를 구독하며 문학소년의 꿈을 함께 키움.

1929년

명동소학교 5학년, 동기들과 함께 손수 원고를 모아 편집한 잡지《새 명동》을 등사판으로 발간함.

1931년

명동소학교를 졸업하고, 송몽규 등과 함께 화룡현 현청 소재지의 대랍자소학교 6학년에 편입하여 1년을 다님. 늦가을 만주사변이 일어나고 무장단의 출몰이 잦아지자, 신변 안전을 위해 도회지인 해란강 하류의 소도시 용정으로 이사함.

1932년

명동소학교 동창인 송몽규, 문익환과 함께 은진중학교에 입학함. 이름을 아명인 '해환' 대신 윤동주로 쓰기 시작함. 은진중학교 시절 축구 선수로 뛰기도 하고 교내 잡지를 만들기도 했으며, 웅변대회에서〈땀 한 방울〉이라는 제목으로 1등을 하는 등 활기찬 학창 생활을 보냄. 자신이 지은 시에 날짜를 적어 보관하며 작품 활동에 새로운 전기를 마련한 것도 이 무렵임.

1935년

숭실중학교 3학년에 편입함. 10월, 숭실중학교 학생청년회에서 발행하던 잡지《숭실활천》에 실린「공상」은 그의 시 가운데 최초로 활자화된 작품임. 12월에 쓴「조개껍질」을 시작으로 동시 쓰기를 시작.

1936년

신사참배 명령을 거부했다는 이유로 윤산온 선교사가 교

장 직에서 파면되면서 숭실중학교가 무기 휴교에 들어감. 용정에서 광명학원 중학부 4학년으로 편입함.

1938년

송몽규와 함께 연희전문 문과에 입학함. 대학 4년 동안 참담한 민족 현실에 눈뜨며 자신만의 시 세계를 만들어가기 시작함.

1941년

『 하늘과 바람과 별과 시』라는 제목의 시집을 엮음. 3부를 필사하여 1부는 자신이 갖고, 1부는 이양하 교수에게, 나머지 1부는 함께 하숙하던 후배 정병욱에게 줌. 태평양전쟁 발발로 앞당겨진 학사 일정에 따라 연희전문 문과 졸업함.

1942년

일본으로 건너가 도쿄 릿쿄대학 영문과에 입학함. 향수병에 시달리다 그해 10월, 송몽규가 있던 교토의 도지샤대학 영문과로 전입학함. 전시체제하의 살벌한 분위기 속에서도 벗들과 함께 자유로운 학풍을 만끽하며 안정된 유학 생활을 시작함.

1943년

방학을 맞아 고향에 돌아갈 준비를 하던 중, 송몽규와 함께 조선의 독립과 민족문화의 수호를 선동했다는 죄목으로 일본 특고경찰에 체포당함.

1944년

교토지방재판소에서 치안유지법 위반으로 징역 2년 형을 선고받아 후쿠오카 형무소로 이감됨.

1945년

2월 16일, 원인 불명의 사인으로 29세의 짧지만 굵은 생을 마감함. 송몽규 역시 20일 남짓 지난 3월 윤동주의 뒤를 따라 옥사함.

1948년

해방 후 연희전문 시절 절친한 벗이었던 강처중이 자신이 보관하고 있던 유고와 후배 정병욱이 가지고 있던 필사본 시집 등 31편의 시를 모아 1월, 정지용의 서문과 강처중의 발문을 붙인 시집 『 하늘과 바람과 별과 시』를 정음사에서 출간하면서 세상에 널리 알려짐.